Moruena Estríngana

Uno

Jugada perfecta (Un juego perfecto 3)

Planeta

El papel utilizado para la impresión de este libro está calificado como **papel ecológico** y procede de bosques gestionados de manera **sostenible**.

Avinguda Diagonal, 662, 6.ª planta. 08034 Barcelona (España)
www.planetadelibros.com

Diseño de la cubierta: Booket / Área Editorial Grupo Planeta
Imagen de la cubierta: Shutterstock
Primera edición en Colección Booket: abril de 2021

Depósito legal: B. 4.213-2021
ISBN: 978-84-08-24130-0
Composición: Realización Planeta
Impresión y encuadernación: Liberdúplex, S. L.
Printed in Spain - Impreso en España

Uno

Romántica

Biografía

Moruena Estríngana nació el 5 de febrero de 1983. Desde pequeña ha contado con una gran imaginación, pero debido a su problema de dislexia no podía escribir bien a mano. Por eso solo escribía pequeñas poesías o frases en sus libretas mientras su mente no dejaba de viajar a otros mundos. Dio vida a esos mundos con dieciocho años, cuando su padre le permitió usar un ordenador por primera vez, y encontró en él un aliado para hacer surgir todas esas novelas que estaban deseando ser tecleadas. Desde entonces ha continuado dando vida a cientos de historias. El 3 de abril se han cumplido doce años de la publicación de su primer libro en papel, *El círculo perfecto*, y sigue luchando por sus sueños, demostrando que todas las personas pueden llegar tan lejos como crean. Actualmente tiene más de cien publicaciones, ha sido número uno de iTunes, Amazon y Play Store en más de una ocasión y no cesa de escribir libros que poco a poco verán la luz. Su obra *Me enamoré mientras mentías* fue nominada a Mejor Novela Romántica Juvenil en los premios DAMA 2014, y *Por siempre tú* a Mejor Novela Contemporánea en los premios DAMA 2015. Con esta obra obtuvo los premios Avenida 2015 a la Mejor Novela Romántica y a la Mejor Autora de Romántica. Su web personal, moruenaestringana.com, donde explica sus novedades y curiosidades, ya cuenta con más de un millón de visitas. Su lema desde que empezó a publicar es «La única batalla que se pierde es la que se abandona», y ella tiene claro que no piensa abandonar el sueño de llegar cada día un poquito más lejos con sus letras.

MoruenaEstringana-Escritora

@MoruenaE

@moruenae

A mi marido y a mi hijo, os quiero

Prólogo

Cam no podía creer que su novia, su mejor amiga, su mitad perfecta le hubiera hecho aquello. No podía ser verdad... Él había visto a Blanca con ese chico y había temido que lo dejara, que se diera cuenta de que eran tan diferentes que no estaban hechos para estar el uno con el otro.

Cam era muy serio. Siempre había sido un niño responsable, y Blanca era divertida, amante de las emociones y de los planes creados en el último segundo.

«Esto iba a pasar tarde o temprano», pensó el chico.

Fue a buscar a su chica y, en cuanto la vio, dijo lo primero que se la pasó por la cabeza. Estaba tan triste que habló sin pensar.

—Me has sido infiel... Me has puesto los cuernos.

Blanca lo miró impactada.

—¿No me vas a permitir dar mi versión? —preguntó Blanca dolida.

—Os he visto juntos. Sois iguales..., tan perfectos... Ni siquiera sé qué haces con alguien como yo. Para ti solo ha sido un juego.

—¡¡Yo no me he liado con Noel!!

—¿Y cómo sabes que estoy hablando de él?

—¡Porque es la única persona con la que me pueden relacionar!

—¡Porque sabes que tengo razón! ¿Cómo has podido hacerme esto?

—Cómo has podido tú, Cam. Confiaba en ti más que en nadie, y me has juzgado sin más. Creía que tú sí eras capaz de ver cómo soy en verdad, pero me equivoqué. Que te aprovechen tus prejuicios.

Blanca se marchó corriendo para que Cam no viera sus lágrimas deslizarse por sus mejillas. Lo quería más que a nadie y, aunque eran diferentes, eso no cambiaba lo que sentía. La había juzgado como todos, pensado de ella cosas que no eran.

No pensaba volver a dirigirle la palabra... Solo así conseguiría olvidarlo.

Capítulo 1

BLANCA

La madrastra de Cam me ha dejado con él para ir a su casa a darse una ducha. No puedo creer que haya estado a punto de morir en un accidente por conducir rápido. Él, que se sabe al dedillo todas las normas de seguridad, el cenizo que te las recuerda si te las saltas.

Ha salido del peligro, pero, hasta que no despierte, no pueden saber la gravedad de sus heridas en la cabeza.

No puedo negar que hasta que no supe que estaba fuera de peligro no conseguí dormir tranquila. Cuando supe que estaba tan grave, sentí que me moría del dolor.

Cam siempre será parte de mí por muy enfadada que esté o por mucho que la distancia nos haya convertido en dos extraños.

Me acerco a él. No he sido capaz de irme de su lado desde que supe la noticia. Colin, su hermano mellizo, me llamó para contármela. Él estaba de viaje y ahora ha regresado para estar junto a su hermano. Me imagino que esas horas lejos de Cam se le hicieron eternas.

Lo veo con las vendas y siento una gran impresión. Mi mente evoca su sonrisa, esa que se le escapaba antes de robarme un beso. Está tan desmejorado que se me parte el alma.

No soporto verlo así, solo deseo que se despierte y me mire con sus ojos verdes, esos de los que me conozco cada uno de sus matices por la cantidad de veces que me perdí en ellos. Seguramente me taladrará con la mirada y me dirá que me marche, pero hasta que eso ocurra, pienso seguir aquí. Sin aparentar que no me importa, que me da igual lo que le suceda.

Una parte de mí siempre será suya.

De repente, noto que Cam se mueve... Me sobresalto y lo miro. Su mirada está vidriosa, y sus ojos, rojos por el golpe en la cabeza.

Siento el peso de las lágrimas en mis ojos, no soporto verlo sufrir; yo que creía que no sentía hacia él más que indiferencia.

—Eres una aparición...

—Eso quisieras tú, que aparte de ser infiel estuviera muerta —le digo mordaz, porque ahora mismo siento tantas cosas que necesito recordar que, pese a todo, no somos amigos.

Sonríe de medio lado antes de dormirse de nuevo. Con el corazón dolorido y acelerado, voy a buscar al doctor para informarle que ha despertado; que hable es buena señal, pero sus palabras no nos aclaran si va a tener una lesión cerebral o no.

Informan a la familia de todo y regreso al lado de Cam hasta que la puerta se abre y aparece Colin.

—Cam... —Colin ni me ve. Solo puede mirar a su

hermano. Llega a su cama y lo abraza con cuidado al tiempo que llora como un niño—. Si te pasa algo, me muero...

Me marcho para dejarles intimidad. Voy a la sala de espera y veo a la novia de Colin. Me acerco a ella. Es un poco rara, pero llevan ya mucho tiempo y ellos se entienden bien.

—Hola. ¿Cómo está? —me pregunta.

—Esperan que lo peor haya pasado, aunque no me quito de la cabeza que Cam corriera tanto con el coche.

—Yo tampoco —dice Luke, que acaba de volver con Roy. Han estado yendo y viniendo desde lo sucedido.

Roy estaba muy afectado, Cam y él eran muy buenos amigos antes.

—Cam no iría a esa velocidad a menos que pasara algo grave —añade Roy, que lo conoce tan bien como yo—. Esperemos a que se despierte para saber lo sucedido. —Mira a nuestro alrededor—. ¿Y su querida prometida? ¿Sigue sin aparecer?

—Sí, tiene el móvil apagado. No han podido localizarla —respondo.

—A saber si no pasó algo con esa bruja —dice Luke, al que no le cae muy bien la que fue su ex hace años.

Bueno, ni a él, ni a nadie. No sé cómo Cam pudo en su día no confiar en mí y ahora sigue al lado de alguien con tan pocos escrúpulos como Carla, su prometida. Le ha dado mil y un motivos para no confiar en ella, pero ahí sigue.

Cuando el padre de Carla, la prometida de Cam y la prima de Emily, acabó en la cárcel por todos los delitos que cometió, todos esperábamos que rompiera su compromiso, pero Cam no... Cam se ha mantenido fiel a su palabra y ha protegido a esa arpía, que es igual de mentirosa y mala que su padre.

Que Carla no esté aquí me hace pensar en si ella no habrá tenido la culpa de lo sucedido. Me lo espero todo de ella.

Al final me convencen para que me vaya a casa a descasar.

Al llegar, Emily y Peyton me preguntan por Cam y les cuento lo que ha sucedido cuando ha despertado.

—No debería volver... —digo agotada—, pero tampoco puedo estar lejos de él hasta que esté bien y pueda seguir odiándolo como siempre.

—Te entendemos.

Me despido de ellas y me meto en mi dormitorio. Me tiro sobre la cama y me quedo dormida al instante.

* * *

Nada más despertar, me doy una ducha, como algo y me marcho al hospital. Al llegar, Colin me informa de que se ha despertado otra vez y que lo recuerda todo salvo las últimas horas antes del accidente. No recuerda por qué iba a esa velocidad.

—Mis padres se han ido a tramitar unos papeles en la comisaría. Yo tengo que ir con mi hermano pequeño. ¿Puedes quedarte un momento hasta que regresen?

—Claro. Si sucede algo, os informo.

—Gracias.

De mis amigos, soy la única que no tiene trabajo. He acabado la carrera y me está costando encontrar algo. He echado currículums y hasta ahora no he conseguido nada. Nada que no sea trabajar con mi padre, el nuevo alcalde de la ciudad. Cada vez que pienso que ha vuelto para ser alcalde y no por mi me enfado con él...

Mi madre me abandonó al nacer y siempre hemos sido él, yo y sus negocios. Siempre me ha dicho «lo siento» con un regalo caro por no poder pasar más tiempo conmigo, y lo entiendo. Tiene mucho trabajo.

Cuando era niña contrataba niñeras para que me cuidaran. No siempre eran las mismas, porque no quería que me encariñara demasiado con ellas y, cada seis meses, buscaba una nueva para que no olvidara que ellas no eran mi familia, sino simples trabajadoras. Sé que tenía miedo de que otra persona ocupara su lugar y yo las quisiera más que a él, pero eso nunca pasó. No tenía tiempo para quererlas y, como cambiaban tanto, me daba tanta tristeza despedirme de ellas que acabé por ser fría con personas que en verdad no quería dejar de ver. Era mejor eso que sufrir sus despedidas.

Conozco a Cam de toda la vida. Mi padre es amigo de sus padres y su casa está aquí, aunque no viva mucho en ella. Por eso, cuando empecé la universidad, tras la ruptura con Cam, decidí independizarme y vivir sola, para que así dejara de contratar cada seis meses personas para que me cuidaran y poder vivir con gente que no se marchara.

Y también porque, tras romper con Cam, toqué fondo haciendo cosas de las que aún me arrepiento a día de hoy. Cosas de las que no he podido hablar por temor a perder a personas a las que quiero como mi familia.

Hay secretos que a veces no sabes si es mejor llevártelos a la tumba.

Vivir sola fue la mejor decisión, aunque provocó que mi padre aumentara el número de regalos, porque sentía que estaba más sola. Él nunca ha tenido tiempo para mí, pero sé que me quiere; no por los regalos, como él piensa, sino por las veces que me llama para preguntarme si estoy bien.

Aunque no me sentí bien allí, como en un hogar, hasta la llegada de Peyton y Emily, las quiero como las hermanas que nunca he tenido.

El tiempo ha pasado y conozco poco al hombre del que llevo su sangre, y ahora que ha vuelto, es peor. Siempre está liado sacando esta ciudad adelante tras el destrozo que hizo el anterior alcalde.

Entro a la habitación de Cam con pies temblorosos y me siento cerca. Lo miro fijamente y, sin quererlo, recuerdo el día que me di cuenta de que ese chico al que conocía de siempre me gustaba más de lo que debía.

Había una comida en su casa y a mi padre lo habían invitado, pero, como no podía acudir, me mandó en su lugar.

La tarde caía y algunos jóvenes aburridos de la fiesta propusieron jugar a algo. Colin sacó unas barajas de cartas del juego del Uno y, a los que no sabíamos cómo jugar, nos explicó las reglas.

Jugamos todos menos Cam, que estaba sentado cerca viéndolo todo sin participar. Algo que hacía siempre.

A mí me costaba entender el juego, porque en verdad me aburría mucho allí. Mi padre me había regalado una moto nueva y prefería estrenarla que hacer de buena hija en la fiesta de sus amigos. Aunque los conocía, todavía no éramos íntimos.

Tal vez por eso me costó pillar las normas y se enfadaron conmigo por no estar atenta y hacer mal algunas manos. Las primeras las pasé, pero en la última sentí que me estaban tomando el pelo porque habían visto que no entendía el juego, así que saqué mi carácter y, para mi sorpresa, Cam me defendió.

—Este juego es una mierda —dijo Colin tirando las cartas—. Vamos a ver si podemos pillar algo de beber en la cocina.

Todos sus amigos siguieron a Colin.

Roy se giró y me miró con una disculpa en los ojos. Era el que mejor me caía de todos.

—Los he espantado a todos. En verdad, este juego es un rollo.

—Lo he estado observando y parece divertido —dijo Cam.

Su forma de decirlo me hizo mirarlo. Era como si quisiera jugar pero no pudiera.

—¿Quieres jugar?

—No, no es más que un juego.

—Vamos, hombre, que solo es para pasar el rato. Lo mismo hasta te gano.

—Lo dudo, viendo lo mal que has jugado. ¿Dónde tenías la cabeza?

—En mi moto nueva. Estoy deseando irme y correr con ella...

—Es peligroso. ¿Tienes el carnet?

—Claro que lo tengo.

—No deberías saltarte ninguna norma de circulación. Las ponen para salvar vidas.

—Lo sé, Cam. No estoy tan loca como crees.

Cam me sonrió y nos sentamos a jugar en la mesa donde antes estaban sus amigos.

—Siento que tu padre una vez más no haya podido venir.

—¿Te fijas en todo?

—Sí, no puedo evitarlo —se disculpó mientras repartía las cartas.

—Pues a veces deberías involucrarte más en la vida, en vez de mirarla desde lejos.

—¿Acaso no lo hago ahora jugando a este juego tonto?

—No es tonto, y va a ser genial cuando te gane... ¿Me puedes repetir qué significa cada carta? Es un lío enorme por los giros que da.

—Es como la vida misma: giros y giros hasta que se crea una jugada perfecta para ti.

Me gustó lo que dijo. No lo esperaba de él y encima estaba pasando de ser un chico sexi, guapo y que me llamaba mucho la atención, a algo más. Las mariposas que siempre sentía cuando sus ojos verdes me miraban se estaban haciendo más y más grandes en mi estómago.

La primera mano la ganó él, pero la segunda la gané yo y di cientos de saltos por la terraza.

Miré mi reloj, y comprobé que era tarde. La noche iba a caer pronto. No quería irme, pero también deseaba probar la moto.

—Me marcho a dar una vuelta en moto. ¿Te vienes para vigilar que no me salto ninguna norma de seguridad?

Pensaba de verdad que me diría que no. Por eso, cuando asintió y se levantó, me pilló por sorpresa.

—Lo hago por el resto de los conductores, para que no te tires encima de ellos —bromeó, y que lo hiciera me hizo conocer una parte de él que pocos veían.

Fuimos juntos hasta mi casa y montamos en mi moto. Desde esa tarde no nos separamos. Ese verano nos cambió a los dos y, antes de que acabara, empezamos una historia que de verdad deseaba que nunca terminara.

Pero lo hizo y de la peor manera posible: él creyó a todos menos a mí.

Yo nunca le hubiera sido infiel, porque no tenía ojos para mirar a nadie estando a su lado. Era mi todo.

Regreso al presente y me doy cuenta de que me está observando. Su mirada verde sigue vidriosa por el golpe y verlo conectado a tantas máquinas me sigue cortando la respiración. Aun así sigue estando increíblemente guapo.

—Tu familia vuelve ahora —le informo.

—Gracias... ¿Qué haces aquí?

—No podía estar en otro lugar —digo no muy feliz.

Asiente y cierra los ojos de nuevo.

Lo miro mientras duerme sabiendo que no debería estar aquí. No somos amigos, solo somos parte de un pasado que ya no volverá. No lo quiero. No me gusta. No siento nada por él..., pero eso no cambia que necesito ver que está bien antes de seguir viviendo caminos separados. Antes de que todo sea como siempre y pierda a esa persona que, sin pensarlo, se convirtió hace años en mi mejor amigo.

Veo como tiene pesadillas y, reticente, me levanto para acariciar su frente por si tiene fiebre. Mientras lo hago, la recuerdo apoyada sobre la mía mientras me hacía sentir tan querida.

No tiene fiebre y debería apartar la mano. Sin embargo, lo acaricio levemente permitiéndome el lujo de admitir que hace tiempo que me moría por tocarlo.

Capítulo 2

BLANCA

Cam está mejor, pero sigue ingresado porque tiene las piernas rotas y, como el golpe en la cabeza ha sido muy fuerte, le han recomendado reposo. Los padres de Cam han insistido en que no salga del hospital hasta estar seguros de que no corre peligro y los médicos han estado de acuerdo con ellos.

Abro la puerta de la habitación de Cam y observo que está despierto. Tiene mejor cara y cada vez está más impresionante. Su atractivo es más visible que nunca, los años que han pasado solo han realzado su belleza, y si antes era guapo, ahora es arrebatador.

—Espero que hayas traído algo para matar este aburrimiento.

—Te he traído un libro de normas de circulación para que lo empolles. —Lo dejo sobre la mesa que tiene cerca de la cama.

—¡Qué graciosa! —Me lanza una medio sonrisa—.

¿No tienes nada mejor que hacer que cuidar de un lisiado?

—No, si lo tuviera, no estaría aquí.

—Lo imagino. —Cam mira el libro de normas de seguridad—. No me reconozco. Yo nunca hubiera conducido tan rápido... No logro recordar qué pasó. —Se toca la cabeza y parece cansado.

Siento lástima por él, se le ve abatido. Lo conozco y él no se saltaría las normas de seguridad tan a la ligera. También me pregunto qué pasó para que sucediera. Debió de ser algo muy gordo.

—Al final, la verdad saldrá a la luz. No te angusties.

Asiente. El silencio se puede cortar por la tensión que hay entre su mirada y la mía. Antes éramos amigos, luego fuimos los mejores para pasar a ser dos novios de aquellos que no pueden separarse.

Cuando lo dejamos, fue como si hubiera perdido una parte de mi cuerpo, y me costaba recordar cómo era vivir sin ella.

Dejo todo eso de lado porque si no, no estaría aquí, y aunque cuando esto acabe tomemos caminos diferentes, no será ahora que está tan débil.

—Y ahora, en serio, dime que me has traído algo interesante. —Siento que lo dice para cortar la tensión y lo agradezco, esto no debe de ser fácil para él tampoco.

Sonrío y saco de mi bolso una baraja de cartas del Uno. La mirada de Cam cambia. Parece que hasta sonríe.

—Han pasado muchos años... Lo mismo ni recuerdas cómo se juega.

—Solo han pasado tres años.

—Parecen toda una vida. —Cam me mira a los ojos. Contengo la respiración.

Su mirada es muy intensa, aunque trato por todos los medios de no dejarme llevar por la calidez de sus ojos.

Cam me desconcierta.

Rompimos en mi primer año de carrera y, poco después, empezó con la que hoy es su prometida. No hemos hablado mucho desde entonces, por no decir nada.

Aparta la mirada y se centra en las cartas.

Me pide la baraja y se pone cómodo para jugar. Yo cojo una silla alta para estar a su altura.

—Podría estar trabajando o en mi casa, y no aquí encerrado.

—Aprende a descansar. No es tan malo estar aquí, aunque tengas que soportarme.

—Tal vez por eso quiero que me den el alta. —Me lo dice serio y empiezo a irme—. Era broma... ¿Podemos darnos una tregua? Si mi familia te ha dejado aquí, es porque no pueden estar ellos.

—Y yo soy el mar menor. Como no trabajo ni tengo nada que hacer...

—No quería decir eso. —Se toca la cabeza.

—¿Te duele?

—Un poco.

—Tal vez será mejor que duermas y otro día juguemos. Me quedaré cerca por si necesitas algo.

Asiente y cierra los ojos para descansar.

Me quedo mirándolo un rato, recordando la primera vez que se durmió a mi lado.

Cam me saca tres años, pero los dos descubrimos lo que era hacer el amor en las manos del otro.

Nuestra primera vez fue torpe, dolorosa y, sin embargo, la guardo a fuego en mi alma como un regalo. Al acabar nos abrazamos con fuerza y no nos soltamos hasta que el amanecer se coló en mi cuarto y me despertó para encontrarlo a mi lado. Dibujé su cara con mis manos hasta que abrió los ojos y me observó de una forma que hizo que mi corazón se hinchara en mi pecho.

—Te prometo que la siguiente vez será mejor —dijo con una medio sonrisa.

—Esta ha sido perfecta —le respondí.

Y sí, las siguientes veces aprendimos a conocernos en la cama, a hacernos el amor dentro y fuera de ella. Éramos tan perfectos que temía que todo terminara..., y acabó porque creyó antes a sus inseguridades y a sus prejuicios que a mí.

Me marcho de aquí sabiendo que volveré, pero pensando que estar cerca de él va a hacer peligrar las murallas que cimenté tras nuestra ruptura.

CAM

Mi familia me oculta algo; lo noto en sus miradas cada vez que me ven. Cada segundo que pasan a mi lado siento que se debaten entre contármelo o no, y por eso, cuando Blanca viene a hacerme de niñera, no me ando por las ramas y se lo pregunto.

La veo alzar las cejas y mirarme altiva. Ha cambiado, antes siempre sonreía. El pelo lo sigue llevando un poco más largo que la media melena, no se ha teñido ni puesto mechas que tapen ese rubio cobrizo que la hace tan especial. No usa mucho maquillaje y las pecas de su nariz se ven con claridad, dándole un toque muy dulce.

Sigue siendo preciosa y me cuesta mucho no perderme en cada ángulo de su bonita cara.

Antes fuimos amigos, ahora parecemos dos extraños que nunca han tenido la suerte de amarse.

Esta distancia me duele más de lo que debería. Pensé que lo tenía superado, que había aceptado que ella y yo no estábamos hechos el uno para el otro.

Me centro en lo que me preocupa ahora mismo y dejo todo eso de lado.

—¿Qué mierdas me pasa que nadie sabe cómo decírmelo?

—¿Y esta pregunta no se la puedes hacer a ellos?

—Está visto que no me lo quieren decir, y tú no me aprecias tanto como para callarte la verdad y así protegerme.

—Y yo que pensaba que el golpe en la cabeza te haría bien..., pero sigues siendo igual de capullo conmigo.

Me doy cuenta de mi error y le pido perdón.

—Lo siento... Estoy nervioso por imaginar de qué puede tratarse...

—No es nada malo. Estás bien físicamente.

—¿Entonces?

—Es el tema psicológico el que les preocupa, lo que aparece en el informe de la policía sobre el accidente.

—¿Por qué?

—Tú no recuerdas qué pasó, pero todo apunta a que chocaste contra esa pared a propósito..., que tal vez te quisiste quitar la vida.

Me quedo mirándola sin poder asimilar lo que me dice.

—Yo nunca haría algo así a mi familia...

—Los frenos estaban bien, el coche no tenía ningún problema... Eso descarta un fallo mecánico.

—Y solo queda la opción de que tal vez me quise

suicidar. ¡Es una locura! ¿Cómo pueden creer algo así? ¿Acaso no me conocen?

—Pues se ve que no, que nunca se conoce del todo a una persona.

Sé que lo dice por ella, por cómo creí que me fue infiel, que me engañó sin más.

—Estarás disfrutando de esto.

—No..., pensaba que sí, que si te pasaba lo mismo, lo disfrutaría, pero no es así. Estoy preocupada por ti.

—Yo no haría algo así...

—No recuerdas qué pasó en tu vida en las últimas veinticuatro horas antes del accidente. ¿Cómo puedes estar tan seguro?

—Lo estoy... ¡Lo estoy, joder! —estallo, y Blanca viene hacia mi lado.

Espero que coja mi mano, veo como alza la suya y deseo que me toque. La retira y no sé si estar feliz o triste por perderme ese contacto.

—Quieren tratarte psicológicamente... Deberías aceptar solo para que tu familia se quede tranquila.

—Ahora quiero estar solo...

—No es bueno que lo estés.

—Por favor...

—No tenía que haberte dicho nada.

—No, pero no podías perder tu oportunidad de ver mi cara cuando pasara por lo mismo que tú.

—Como siempre, pensado lo mejor de mí. Te lo he dicho porque creo que necesitas ayuda y porque tu familia está sufriendo, pero piensa lo que quieras de mí. Me importa bien poco lo que tú pienses.

Recoge sus cosas y se marcha. Pega un portazo que deja bien claro lo enfadada que está.

Sé que me he pasado, que he pagado mi impotencia

por no recordar nada con ella. Por eso, cuando Colin llega y me pregunta por Blanca, le hablo a las claras.

—Me he comportado como un capullo y ha salido corriendo. ¿Puedes darme mi móvil para que la llame?

—No lo tengo yo, lo tiene mamá... No es bueno que lo uses. Lo utilizarías para trabajar y tienes que descansar.

—Sé lo que piensa la policía. Blanca me lo ha dicho.

—Entiendo... No sabíamos cómo decírtelo ninguno.

—Yo le he preguntado, y he descargado mi frustración por no recordar con ella. ¿Me puedes dejar tu móvil para llamarla?

—No tengo su número, cuando vengan Roy o Luke se lo pides.

—¿Tanto te cuesta hacer algo por mí?

Colin me mira desafiante.

—Será mejor que descanses, Cam. Has pasado de ser un puto cuadro que no dice nada a ser un gruñón.

—Claro, será mi culpa...

Colin me da por imposible y se marcha.

Las cosas con mi hermano no están bien desde que lo delaté ante nuestros padres y les dije que tomaba drogas para que me ayudaran a que se tratara. Al final se trató, se curó de la adicción, pero nuestra unión se vio rota. Él sintió que le fallé, pero yo solo actué desesperado tras ver cómo trató a Peyton y comprobar en lo que se podía convertir si seguía por ese camino. Volvería a pasar por eso, aun sabiendo el precio a pagar, si con eso Colin se curara.

Mi padre se queda conmigo por la noche y hablamos sobre lo sucedido. Al final acepto que venga una psicóloga para ayudarme a entender qué pasó.

—Lo siento, papá —digo antes de dormirme.

—Yo siento no haber estado a tu lado si estabas tan mal... Tenía que haberlo visto venir.

—No estaba mal.

—No, pero hace tiempo que no eres feliz, que solo vives para el trabajo y tus responsabilidades. Tal vez se nos pasó algo por alto.

—Das por hecho que me quise quitar la vida...

—No sé qué pensar. Si te hubiera visto feliz, no pensaría así.

Recapacito sobre ello y sé que tiene razón. Me cuesta mucho mostrar mi felicidad y vivo la vida conformándome. Pero era mi vida..., la vida que yo quería. ¿O no?

Me paro a pensar en el último momento en que sonreí y me viene a la memoria Blanca. Los dos riendo bajo la ducha de su casa mientras tratábamos de que nadie se diera cuenta de que estábamos desnudos en su habitación.

Tristemente me doy cuenta de que nadie me conoce, ni tan siquiera mi familia; si no, nadie pensaría que he sido capaz de algo así. Por muy agobiado que me sintiera con todo, no me quitaría la vida porque sé el daño que les haría. Solo por eso seguiría viviendo.

Es triste pensar que pienso más en lo que les dolería a ellos mi muerte que lo triste que sería para mí dejar de vivir.

Esto hace que me replantee muchas cosas.

Nadie me deja el móvil ni me devuelve el mío. Por eso, cuando Roy viene a visitarme, le doy una carta de la baraja del Uno y le digo que se la dé a Blanca cuando la vea.

—¿Alguna cosa más?

—Ella lo entenderá.

Roy asiente y se marcha tras prometerme que vendrá pronto.

Estar aquí es un aburrimiento y no puedo evitar pensar que Carla no está; tampoco la localizan. ¿Pasó algo con ella y por eso conducía en ese estado?

Ya no sé qué pensar.

BLANCA

Me está costando mucho no ir a ver a Cam; si no lo hago, es porque me dolieron sus palabras. Tal vez no debería haberle contado nada, pero su familia no me dijo que no lo hiciera... Al contrario, insinuaron que todo sería más fácil si se enteraba y así podrían atajar el problema cuanto antes.

Roy llega a casa a la hora de la comida y, nada más verle, le pregunto por Cam.

—Está aburrido y me ha dado esto para ti. —Saca una carta roja del Uno, la de las flechas que indica cambio de sentido.

—¿Por qué te ha dado esta?

—Dijo que tú lo entenderías.

Cojo la carta recordando nuestro pasado, donde esta carta tenía un significado diferente al de la partida original.

Estábamos jugando los dos en mi casa, donde siempre estábamos solos, y le dije que podíamos darle algo de emoción al juego, crear nuestras propias reglas...

Él aceptó.

Esta carta era la de la pregunta. El otro perdía el turno y tenía derecho a preguntar algo que quisiera saber de la otra persona. Supe muchas cosas de él de esta forma, y él de mí.

¿Acaso quiere que le pregunte algo? Sé lo que querría preguntarle. Ahora está que quiera o no ir a verlo.

* * *

—Sabía que no podrías faltar al reto de preguntarme algo —dice Cam cuando entro en su habitación por la tarde.

He llamado a su familia para decirles que me quedaba yo con él y así ellos podían aprovechar para hacer otras cosas.

Cierro la puerta y recuerdo nuestro último encuentro. Una vez más me sentí juzgada por él. Y me dolió mucho, como la primera vez.

No sé si debería haber vuelto.

Entonces lo miro a los ojos y lo veo arrepentido y perdido. Solo por eso sigo entrando en el cuarto y dejo de lado mis reticencias.

—¿Por qué creíste que te fui infiel?

Llevo tres años haciéndome esa misma pregunta una y otra vez. Creo que él lo sabía y por eso me dio esa carta y no otra. Que espera esa pregunta.

Al fin sabré la verdad.

—¿Así? ¿Sin anestesia?

—Sí. —Pongo una silla a su lado y le devuelvo la carta.

La coge y juega con ella entre los dedos mientras piensa qué decirme o si quiere contarme la verdad.

Me fijo en sus manos mientras las recuerdo recorriendo los contornos de mi cuerpo. Jugando conmigo hasta deshacerme en gemidos acallados por su boca.

Aparto esos pensamientos.

—Porque tú y yo no nos parecemos. Lo nuestro estaba destinado a salir mal... Lo sabía y, cuando aquello pasó, simplemente pensé que tarde o temprano te perdería. ¿Lo hiciste?

Cam siempre dijo que no nos parecíamos. Que éramos tan diferentes como la noche y el día. Nunca le di importancia a sus palabras porque para mí los opuestos se atraen. Tal vez si lo hubiera hecho no se habría acabado. O sí... Ya nadie lo sabrá.

—No estamos jugando. No tengo por qué responderte y te recuerdo que siempre teníamos la opción de robar dos cartas si no queríamos contestar.

—¿Y tú qué harías?

—Robarlas, porque esa respuesta la deberías saber tú. Tú me conocías.

Cam cambia la cara.

El silencio cae entre los dos, quiero saber más, pero ahora mismo no puedo dejar de pensar que si no me creyó fue solo por sus prejuicios, porque él condenó lo nuestro antes de que las mentiras llegaran.

—¿Jugamos una partida sin nuestras normas particulares? Me aburro mucho.

—Vale, no tengo nada mejor que hacer.

—Antes de empezar..., quiero pedirte perdón. Todo esto me sobrepasa. Estar aquí en la cama sin poder hacer nada, el accidente... No tiene sentido nada de lo ocurrido.

—Todo se acabará por esclarecer. ¿Has pedido ayuda?

—Sí, he hablado con una psicóloga y me está preguntando cosas de mi pasado. De mi madre...

—¿Y hablas de ella?

—No me apetece.
—Pues lo mismo hasta te viene bien todo esto.
—Lo dudo mucho. Sé qué responder para tenerla contenta.
—Deberías por una vez relajarte y dejarte llevar.
—La última vez que lo hice no me fue muy bien, así que... no, gracias.

No sé si lo dice por mí, pero no indago porque no estoy preparada para su respuesta por si esto nos enfada de nuevo. Es mejor dejarlo estar.

Empiezo a repartir pensando en lo que sé de la madre de Cam, que los abandonó al poco de tenerlos.

El padre de Cam estaba enamorado de su actual mujer, que es la madre de Luke, y la madre de Cam prefirió romper con todo e irse sin mirar atrás, dejando a sus hijos por el camino para empezar una nueva vida lejos de todo esto.

La primera partida la gano yo.

La segunda se hace eterna y la gana él, y la tercera la dejamos a medias porque se queda dormido con las cartas en la mano.

—Eres un cabezón —digo quitándole las cartas de la mano—. ¿Tanto te costaba decirme que estabas agotado?

Lo tapo y mis dedos acarician sin querer su mejilla. Los paso una segunda vez por una pequeña marca que tiene por mi culpa. Me empeñé en afeitarlo y, como de bueno a veces es tonto, pues me dijo que sí. Lo corté sin querer y lloré como si me hubiera cortado a mí misma. No soportaba ver la herida.

Por eso, cada vez que la miraba con cara rara, me hacía cosquillas hasta que dejé de contemplarla como la marca de un gran delito.

Mi padre me llama cuando estoy saliendo del hospital.

—Hola, hija, ¿qué tal tu día?

—Bien, he estado con Cam.

—¿Cómo va el chico?

—Va bien. Está mejorando.

—Me alegro. ¿Y tú estás bien?

—Sí, todo bien.

—Vale, te tengo que dejar. Trabajo. Besos, pequeña.

Cuelgo y me quedo, como siempre, con ganas de hablar más con él. ¿Por qué en todos estos años no me acostumbro a esto y sigo esperando algo más de mi padre? Debería estar acostumbrada.

Capítulo 3

CAM

—Volvamos al tema de tu madre.

—No quiero hablar de ella —digo por enésima vez a la psicóloga.

—Soy tu amiga, Cameron. No tu enemiga. Estoy aquí para ayudarte. Es mi trabajo, sí, pero me encanta ayudar a la gente. Quiero ayudarte a desenmarañar el *puzzle* de lo que pasó esa noche, y es por tu bien.

—No tengo nada en contra de ti, y sé que haces tu trabajo. Puedes hacerlo sin hablar de mi madre.

—Entonces, hablemos de tu prometida. Lleváis muchos años juntos. ¿Qué te gusta de ella?

Me muevo como puedo. Estoy incómodo.

—¿Y si hablamos del tiempo?

—Esto no es un ascensor, y si quieres ayuda, tienes que dejarme, Cameron.

—Yo no quiero ayuda. Solo quiero ponerme bien y seguir con mi vida tal como estaba.

—¿Con tu prometida de la que no quieres hablar?

—La miro desafiante—. Solo te he preguntado qué te gusta de ella. ¿Te casas con ella sin que te guste ni una sola cosa?

—Me caso con ella porque soy fiel a mi palabra.

—Entonces lo que te une a ella es una promesa..., ¿no? —Toma notas.

—No, son años juntos.

—¿Pasáis mucho tiempo juntos?

—No. Respeto su vida, y ella la mía.

—Entonces tienes veinticinco años y te casas por una promesa con una mujer que casi no ves. ¿Esperas que esto mejore con los años?

—No, sé lo que hay.

—Un matrimonio sin amistad. ¿E hijos? ¿Vas a tener hijos con alguien que no quieres como hicieron tus padres?

—¡¿Acaso te pagan para joder a los desvalidos?!

—No, pero sí para darme cuenta de que reprimes muchas cosas. Tal vez en todo lo que callas esté la respuesta a tu accidente. Por hoy es suficiente.

Toma unas notas y se marcha; mi madre entra tras ella.

—No la soporto.

—Es por tu bien, hijo. —Se acerca a mi cama y me da un beso en la frente.

En verdad es mi madrastra, pero para mí y para Colin es nuestra madre desde que nuestro padre se casó con ella. La quiero como nunca he querido a la que me trajo al mundo, y ella a nosotros.

Desde que éramos pequeños pasaba mucho tiempo en casa con su hijo Luke y con su sobrino Roy para ayudar con el cuidado.

No me sorprendió saber que mi padre la amaba,

porque siempre lo había notado, pero ella estaba casada con otro hombre y no era fácil romper el lazo. No le quedó más remedio que hacerlo cuando se quedó embarazada de mi hermano pequeño, Ernest.

Y desde entonces vive en casa y nos cuida como siempre, como la madre que siempre deseé tener.

—¿Cómo está Ernest?

—Bien —responde apartando la mirada.

—¿Qué me ocultas esta vez?

—Nada, hijo. Voy a ver si te traen la comida. —Mi madre se marcha.

Trato de moverme, pero no puedo. Me siento impotente aquí tumbado, sintiendo que mi mundo se desmorona.

Cuando regresa mi madre, le pregunto qué le pasa a mi hermano.

—Nada.

—¿Y por qué no ha venido a verme?

—Vino un día y dormías, pero le impactó verte así, por eso no lo hemos traído más. ¿Contento?

Siento que esconde algo más.

—Quiero salir de aquí, ir a casa, trabajar desde allí...

—Cam, no te puedes ni mover, y no estás ayudando mucho a la psicóloga. No ha avanzado mucho contigo. Si de verdad quieres curarte e irte a casa, no le impidas hacer su trabajo.

Aparto la mirada.

Mi madre me acaricia la mejilla con cariño. Me da un beso y se va hacia la puerta cuando la comida llega.

Como sin hambre, pero lo hago para coger fuerzas y así salir de esta prisión, en la que parece que todos creen que me he metido solito.

Me quedo dormido tras la comida y, cuando me

despierto, Blanca está mirando por la ventana. Me relajo al instante al verla, es la única que me trata con normalidad y, si tiene que decirme algo, me lo cuenta sin tapujos.

Nuestra enemistad ahora mismo me da paz porque no veo lástima en sus ojos cuando me mira.

—Hola —la saludo—. ¿De verdad no tienes nada mejor que hacer?

—No, salvo ver como mis amigos tienen la vida resuelta o están estudiando, y yo no encuentro nada de trabajo. Hay cientos como yo que han acabado la carrera con buenas notas. Solo soy una más.

—Yo he tenido suerte de que mi padre tuviera una empresa, y tú tienes otro padre que seguro que te da trabajo.

—No quiero trabajar para mi padre. Lo he visto como jefe y es un idiota. No soportaría que se portara así conmigo y no querría un trato especial.

—¿Y crees que será buen alcalde?

—Se le da bien sonreír mientras murmura barbaridades... Así que sí.

—Intuyo que el que haya vuelto no hace que os veáis más.

—¿Acaso he dicho algo que te haga pensar eso?

—Tu mirada... Sigue estando triste cuando piensas en él.

—No quiero hablar de mi padre. —Asiento—. He traído mi *tablet* para ver pelis o series... ¿Te apetece? Seguro que hace mucho que no ves ni lo uno ni lo otro.

—Ni que me conocieras tanto...

—Antes era así... Tal vez hayas cambiado...

—No. Me cuesta hacer algo que no sea trabajar —rumio entre dientes.

—Genial, entonces pongo lo que me dé la gana. Total, seguro que no la has visto.

Lo preparara todo y pone una serie que es parecida a las que veíamos hace años en su habitación.

La miro mientras lo hace. Parece hasta divertida... Cualquiera pensaría que somos amigos, y eso está lejos de la realidad. Hace años que ni nos miramos a la cara, aunque, sin querer, siempre he estado pendiente de ella.

Alza la cabeza y sus ojos verdes se reflejan en los míos.

—¿Qué miras?

—Lo poco que has cambiado.

—Por tu tono de voz no sé si para bien o para mal.

—Quién sabe...

Empezamos a ver la serie y reconozco que es buena, y me pico.

Blanca saca patatas y dulces, y picoteo algo, entretenido. En la serie aparece un columpio que me recuerda al que ella tiene en el jardín de su casa. Da a las afueras y parece que estás en pleno bosque, porque nada te cubre las preciosas vistas. Era pequeño y lo cambiamos por uno más grande, para que cupiéramos los dos y así ver juntos el atardecer allí.

—¿Sigue en pie nuestro columpio?

—Supongo que sí —dice sin mirarme—. Hace años que no voy a verlo.

—Me extraña que no lo destrozaras cuando rompimos.

—Es que no me conoces tanto como te crees... Si lo hicieras, sabrías tu respuesta a la pregunta que me hiciste ayer.

Aparto la mirada, porque si acepto que me equivoqué, tengo que aceptar también que la perdí por idiota. Las cosas están mejor así. Es mejor no remover el pasado.

Seguimos viendo la serie hasta que me traen la cena.

—¿Cómo ha ido hoy con la psicóloga? —me pregunta mientras se come un bocadillo que se ha traído.

—Sigue sin entender que hay cosas de las que no quiero hablar.

—Pero tal vez en esas respuestas esté la clave. ¿No quieres saber qué pasó ese día para que pusieras tu vida en peligro? Yo me muero de curiosidad.

—Tú siempre tan cotilla. —Me saca la lengua—. No es que no quiera saberlo. Es que me asusta lo que quedará de mí cuando lo sepa si respondo preguntas que siempre he enterrado en mi memoria.

—Cam, no es bueno eso que haces. Nadie puede ser tan perfecto. Ni siquiera tú. Creo que ese es el problema, que te has dado cuenta de que por mucho que lleves años controlándolo todo, de repente has cometido un error enorme y te asusta saber que eres tan humano como cualquiera.

—Es fácil decir eso para alguien que la caga a menudo o que se le va la cabeza y se salta normas de seguridad.

—Tú siempre tan capullo. No sé cómo no te dan el alta ya. Tienes la mente perfectamente, tan encasillada como siempre en tus tonterías.

—Lo siento —digo entre dientes—. Somos la noche y el día.

—Ya lo dejaste claro, pero tienes un lado oscuro como todos; una parte que te pide ser de otra forma y que retienes porque te da miedo descubrir que eres humano.

—No tengo miedo.

—Pues responde a las preguntas de la psicóloga y te creeré. Ahora cena, que la comida se te va a quedar tiesa.

—¿Qué te pagan por cuidarme? —Se ríe.

—Una mierda y media.

—Eres una mal hablada.

—Y tú un bocazas, y aquí estamos soportándonos porque soy lo mejor que tienes hasta que te den el alta, y ahora come.

No puedo evitar sonreír y recordar las veces que le dije que no dijera palabrotas. Ella me decía todas las que sabía, solo para fastidiarme. Lo que ignora es que la picaba solo porque me encantaba ver cómo fruncía el ceño cuando lo hacía y cómo se le arrugaba la nariz.

Ahora lo hace igual. Eso no ha cambiado.

—Es mejor que te vayas a casa antes de que se haga más de noche.

—Me gusta conducir por la noche.

—¿Has venido en coche?

—Sí, la moto no la uso desde hace años —reconoce—. Soy muy buena al volante.

—Lo dudo...

—Tú lo dudas todo, pero lo soy. Si quisiera, podría competir en las carreras donde antes corría Luke, y ganarlas.

—¿No has corrido nunca? —Niega con la cabeza—. Me extraña.

—No aceptan mujeres. Ya lo intenté.

—Son peligrosas.

—No menos que estamparse a toda velocidad contra una pared de hormigón —me rebate, y para eso no tengo réplica.

Pone la serie de nuevo y la vemos disfrutando de ella. Cuando se va, porque mi padre viene para quedarse conmigo por la noche, le pregunto que si vendrá al día siguiente, y me responde que no tiene nada mejor que hacer.

No puedo negar que saber que vendrá me gusta más de lo que debería. El golpe en la cabeza me ha debido de afectar mucho más de lo que pensaba.

Capítulo 4

CAM

—Entonces, de tu madre y de tu prometida por ahora no hablamos —indica la psicóloga sentándose cerca de mí—. ¿Me puedes hablar de Blanca?

Me tenso.

—¿Por qué quieres hablar de ella?

—Por lo que he sabido, es tu expareja y no acabasteis muy bien, y ahora está aquí cuidándote...

—Evitando que me aburra. Cuidarme, me cuidan los médicos —respondo tenso.

—Como sea, ha olvidado vuestro distanciamiento para estar a tu lado. ¿Por qué rompisteis?

—Me puso los cuernos —digo tajante.

—¿La viste con otro?

—No, me contaron que me era infiel.

—¿Un amigo de mucha confianza?

—No, alguien que no había visto nunca.

—¿Y ella qué dijo?

—No lo negó.

—¿Qué dijo?

Tomo aire.

—Se ofendió porque diera por hecho que me había sido infiel sin concederle el beneficio de la duda, y todo se acabó.

—¿Y qué crees ahora?

—Que me fue infiel —afirmo.

—¿Lo crees de verdad o no soportas que fuera mentira, y saber que por tu culpa se acabó todo con ella? —Me callo y anota cosas en su dichosa libretita—. ¿Y qué pasó tras romper?

—Que todo se tornó gris sin ella —me sincero—. Era la primera amiga o amigo que tenía aparte de Colin. Perdí las dos cosas.

—Y le echaste la culpa a ella de todo por haberte sido infiel...

—No. Siempre supe que ella no estaría mucho conmigo como pareja. Éramos y somos muy diferentes.

—Los opuestos se atraen...

—Eso dicen, pero no me lo creo. De todos modos, a la larga es mejor así. Es mejor que aquello terminara.

—¿Por qué?

—Porque ella puede ser feliz.

—¿Sin ti? —Asiento y me mira sin comprender nada.

—¿Podemos hablar de otra cosa? —le pido.

Asiente.

No quiero hablar más de lo que pasó. Ya he recordado suficiente.

Ahora conversamos del trabajo con mi padre y, como ese tema me gusta, pues hablo tranquilo.

—Sigue así, Cameron —me dice al acabar la sesión—. Solo si me dejas entrar en tu mente podré ayudarte a comprender qué te llevó a conducir en ese estado. Tal vez no quisieras suicidarte, pero eso no quita que esa noche ibas a mucha velocidad y no sabemos el motivo. Y por favor deja de actuar con tanta frialdad, ni tú mismo te crees que seas tan insensible o perfecto con todo. Relájate y siente, Cameron. No hay nada malo en ser imperfecto. Ahí reside la belleza de las cosas.

Asiento y se marcha, y, una vez más, hago lo imposible por recordar, por descubrir qué pasó. Lo hago hasta que acabo agotado y se me disparan las pulsaciones, provocando que entren los médicos.

—Relájate, chico —me aconseja una enfermera antes de darme un calmante que me lleva a un sueño reparador.

* * *

Cuando me despierto, está mi hermano Colin.

Observo como informa de que estoy despierto. Colin y yo no nos parecemos mucho. Yo soy el responsable, y él, el alocado. Desde niño he tenido que cuidar de él. Sacarlo de líos, curar sus heridas... Soy el mayor de los dos, pero solo por diez minutos, y, cuando estamos juntos, parece que hay mucha más diferencia de edad.

Aun así, éramos inseparables... Hermanos, amigos y confidentes, hasta que en vez de ocultar sus defectos a nuestros padres, lo delaté y todo se rompió. Colin sigue sin entender que lo hice porque era eso o dejar que las drogas acabaran con su vida. No me puede entender porque nunca se ha visto en mi situación y siempre he sido yo el que tapaba sus problemas, no quien los sacaba a la luz.

Se gira y me mira.

—Menuda siesta te has pegado.

—No tengo nada mejor que hacer; solo parecer un puto bebé que únicamente come y duerme.

Muestra una pequeña sonrisa.

—Y mientras yo evitando que la empresa de papá se hunda. Haz por recuperarte pronto y cuenta todo lo que tengas en la cabeza a esa psicóloga, Cam, o seguirán tratándote como un suicida que no puede estar sin vigilancia.

Parece enfadado. La empresa es de nuestro padre, pero nos dio un puesto de importancia a los dos al mismo nivel y, desde siempre, yo soy el que más trabaja.

Colin tiene fiestas, salidas y, cuando no puede con su trabajo, me lo pasa a mí automáticamente. Ahora tiene que hacer el de los dos por primera vez y, por su cara, no es muy feliz viviendo mi realidad.

—Hago todo lo posible.

Nos miramos tensos hasta que la puerta se abre y aparece Blanca con una caja y una mochila.

—Gracias por venir —dice Colin a Blanca recogiendo sus cosas—. Tengo muchas cosas que hacer. Nos vemos, Cam.

Colin se marcha dejándome claro que le tocaba a él quedarse aquí y que ha escrito a Blanca para que le cubriera.

—Esta noche hacemos fiesta de pijamas.

—¿Vas a dormir aquí?

—Colin me ha pedido el favor y no me importa. —Blanca sonríe con calidez.

Estamos distanciados. La perdí y, sin embargo, al mirarla, sé que hay temas por hablar, resentimiento..., pero no me lo recuerda constantemente. Me lo pone muy fácil para que sea feliz. Entiende que necesito tiempo. Con ella siempre fue fácil ser yo.

A su lado no me importó dejar de ser perfecto porque todo era perfecto estando juntos.

—No se os ve como siempre a Colin y a ti —comenta tras sacar la *tablet* y preparar sus cosas en la mesa y en el sofá.

—No le sentó bien que le contara a mi padre que tomaba drogas y que se estaba viendo con mala gente. Se curó..., pero lo nuestro quedó destrozado.

—Es que siempre le has salvado el culo y no siempre se puede tapar la mierda. —Sonrío—. Un día lo entenderá el niño bonito.

A Blanca nunca le cayó muy bien Colin. Lo llamaba así hace años, y compruebo que no ha cambiado.

—Eso espero. Es mi hermano. No me gusta estar así con él.

—Tampoco es que antes de eso fuerais uña y carne. Tú solo le servías para sacarle de problemas, pero nunca te preguntaba cómo estabas.

—No me apetece hablar de mi hermano.

—Vale, ¿te apetece seguir con la serie?

—Claro, no tengo nada mejor que hacer —respondo—. O mejor, echamos una partida de cartas, que me apetece estar rodeado de números, y después de cenar, la serie.

—Me parece genial.

Lo prepara todo y reparte las cartas.

Cuando lanzo una de cambio de sentido no puedo evitar recordar tiempo pasados y hacerle una pregunta:

—¿Eres feliz?

—¿Vamos a jugar con nuestras normas? —me interroga alzando una ceja.

—Solo con esta.

Asiente, y lleva la mano al mazo de cartas dejando claro que prefiere robar dos a responder, pero al final duda y, mirándome a los ojos, me responde:

—Hace tiempo que no lo soy del todo.

—Yo tampoco —confieso, aunque no debería—. Vamos a seguir. Me toca otra vez.

—Espera que me salga a mí esa carta. Voy a ser peor que tu psicóloga.

Sonrío.

—Lo dudo. Tú no tratas de analizarme como a un ratón.

—Ella tampoco, Cam. Solo intenta ayudarte.

—Lo que tú digas. —Lanza la carta y sonrío cuando me toca tirar una carta comodín donde tiene que robar cuatro y perder el turno.

—Cómo lo disfrutas...

Me río.

—Me encanta ganar.

—No siempre. Creo que eres conformista en muchos aspectos de tu vida. —Me sonríe como diciendo: «jódete por esa verdad»—. Otra de nuestras modificaciones: coger las cuatro cartas y decir un defecto de la otra persona.

—Bien, estoy deseando decir un defecto tuyo.

—Pero no sabrás si lo sigo teniendo. Hace años que no estamos juntos. He cambiado.

—Entonces tú tampoco puedes saber si soy conformista.

—Sigues con Carla... Os he visto juntos. Parece más un accesorio de tu persona que tu prometida.

—No quiero hablar de ella —señalo tajante—. ¿Seguimos jugando sin tonterías?

—Como quieras. Pero si fueras feliz, no te importaría hablar de lo que hace que lo seas. Tú mismo. Sigamos.

—A ti tampoco se te veía muy feliz con Adrian y, sin embargo, lo mirabas como si lo fuera todo para ti.

Me observa fijamente.

—Éramos demasiado parecidos... A su lado sentía que me perdía en vez de encontrar el norte.

—¿Y por eso acabó?

—No, porque le ofrecieron irse de gira corriendo en carreras importantes y no se lo pensó dos veces. No se tomó un segundo para pensar que eso nos distanciaría. Lo triste fue que no me dolió como debía... No éramos el uno para el otro.

—Entiendo.

—No, no lo haces. Yo te he hablado de él sin problemas y tú prefieres cambiar de tema. Deberías preguntarte por qué, y ahora sigamos jugando sin nuestras normas.

Sé que tiene razón, pero me cuesta romper con todo. Por eso una vez más escondo lo que pienso. Es más fácil vivir así.

Seguimos jugando y gano las dos manos.

Me traen la cena y paramos.

Mientras ceno, Blanca lo hace también. Me recuerda a las veces que cenábamos en su dormitorio. Siempre estaba sola... Nunca ha conocido un hogar familiar, ya que su padre siempre estaba viajando. Cuando le pregunté por qué no la llevaba con él, Blanca me dijo que porque esa era su casa por mucho que ella fuera la única que calentara esas paredes.

Me gustaba pasar tiempo a su lado.

A la hora de la cena, yo siempre era el que quería

comer sano, y ella la que me tentaba con cientos de comidas poco saludables. Era mi tentación y la mayor perdición de mi vida. A su lado era como estar metido de lleno en una montaña rusa sin saber cuándo se detendría. Lo mismo gritaba de júbilo que contenía la respiración.

Era agotador.

Me mira y sonríe, y aguanto la respiración un segundo. Los recuerdos me están ahogando.

Miro hacia la puerta y la ignoro el tiempo justo de volver a construir muros en torno a mi corazón.

Es mejor vivir una vida sin emociones.

La vida la quiero como las cuentas: claras y exactas. Uno más uno siempre será dos y no existen alternativas en el resultado final. Ni sorpresas.

Capítulo 5

BLANCA

Voy a una entrevista de trabajo a primera hora. Estoy emocionada y por eso me esmero en mi presentación. Por teléfono parecía que estaban interesados en mí y mi currículum.

—¿Dónde vas tan guapa? —me pregunta Emily, que desayuna al lado de Roy en la isla de la cocina.

—A una entrevista de trabajo. Deseadme mucha suerte.

—Seguro que lo consigues —afirma Roy dándome un abrazo de oso y un beso fraternal en la cabeza—. Mucha mierda. —Me guiña un ojo.

Me despido de ellos y voy hacia mi coche.

Llego antes de la hora. Entro en la recepción y me indican dónde va a ser la entrevista. Voy hacia allí sintiendo que puedo comerme el mundo, hasta que el mundo me come a mí.

Hay una cola enorme de personas esperando para la entrevista.

Me siento a la espera con la moral por los suelos, más cuando sacan unas preguntas tipo test para ir descartando a los que según ellos no entren en el perfil.

Soy de las primeras en ser descartada y salgo agobiada, sin ganas de nada. Me he pasado años estudiando una carrera para nada. Para que ni siquiera me merezca hacer una entrevista cara a cara.

Cojo el coche y me marcho sin mirar atrás, deseando que la velocidad traiga consigo las respuestas o la fuerza que deseo para no sentirme una inútil por no conseguir un trabajo donde demostrar mi valía, y así no olvidar lo aprendido.

Siento la presión de saber que en unos meses otros tantos acabarán mi misma carrera y seremos muchos más luchando por un mismo puesto. Escuchar el tictac en mi cabeza me pone nerviosa, porque hace que me pregunte si estudiar una carrera universitaria es la respuesta o es lo que se espera de los jóvenes para creer que están preparados para una vida muy alejada de lo aprendido en los libros de texto.

CAM

—Tu madre... ¿Qué sientes al pensar en ella? —insiste la psicóloga.

Tomo aire, miro por la ventana y pienso que esto solo acabará cuando me abra, cuando deje de callar lo que siento.

—La odio —suelto con rabia—. Nunca ha sido una madre y nunca lo será para mí.

—Bien. —Toma notas y me pone nervioso—. ¿Qué recuerdas de ella?

—A Colin llorar porque no le hacía caso.

—¿Y tú qué hacías?

—Abrazarlo y odiarla.

—Y cuando se fue, ¿qué sentiste?

—Me sentí liberado. Colin al fin aprendería a vivir sin ella, como ella vivía sin que le importáramos.

—Vale, pero ¿tú por qué lo sabías? ¿Por ver a tu hermano llorar o porque te hizo a ti algo que provocó que dejaras de necesitarla?

Lo pienso. Trato de llegar a ese recuerdo, cuando empecé a pensar que mi madre no me quería y que Colin no merecía llorar por ella.

Pienso en Colin hasta que me veo a mí mismo en el suelo con el labio partido llorando. Mi madre se alejaba... Sigo en ese recuerdo y ahondo más en él. Está mi madre hablando con su amiga por teléfono, yo era pequeño y estaba a su lado pidiendo cariño hasta que, de mala forma, me aparta y caigo al suelo. Se giró y me dijo con rabia: «Ha sido por tu culpa, por ser un pesado».

Era pequeño, pero desde ese momento aprendí a no pedirle nada. A no querer nada de ella. A proteger a Colin para que no lo empujara, para que no le hiciera daño.

—No lo recuerdo —miento.

—O no me lo quieres contar. Vale. Lo acepto por ahora. —Anota algo en su odiosa libreta—. ¿Cómo te sentó que tu madre se fuera sin esperar a que regresaras a casa del hospital tras haber estado tan enfermo?

Mi mente evoca ese amargo recuerdo.

Cogí una enfermedad que me dejó varios días ingresado. Mi padre no se separó de mí, y su actual mujer, tampoco. Cuando me recuperé y regresamos a casa, mi madre se marchó al poco, dejando tras de sí los papeles del divorcio firmados y una nota que solo decía:

Empiezo de cero. Lejos de aquí.

Me sentí perdido ante el nuevo cambio, aunque me quise hacer el fuerte. Solo tenía seis años.

Colin la buscó por toda la casa una y otra vez, incapaz de creerlo.

Me tocó ser fuerte por él. Olvidarme de mi dolor y tratar de que Colin no se metiera en más líos por culpa de la rabia que sentía, cosa que por supuesto hizo.

—Me sentí... bien.

—Mientes, pero tú mismo. Otra vez te cierras porque temes que vea que tienes sentimientos y debilidades. No te hace menos fuerte llorar o estar triste. Aquí solo estamos tú y yo, y lo que hablamos no sale de aquí.

—Eso lo dudo. Mi familia te preguntará.

—Sí, pero les digo cómo estás tú. No lo que cuentas. Cameron, no puedes pasarte toda la vida olvidando qué sientes tú. Si te olvidas de ti mismo a la hora de vivir, estás perdido.

—¿Y por qué dices eso?

—Porque, aunque te consideras un chico adulto y responsable, yo veo en ti a alguien contenido y perdido. La seriedad no da madurez y el silencio no te hace más listo. Mientras no saques lo que callas, seguirás siendo ese chico que una noche, sin saber por qué, se estampó contra un muro.

Me tenso y aprieto la sábana.

Me mira a la espera y sé que ha dicho eso para provocarme, pero no caigo en su juego. Tengo mucho control sobre mí mismo como para hacer lo que desea.

Se marcha y mi madre entra seguida de Ernest, que acaba de salir del colegio.

Mi hermano, al verme, se queda en la puerta. No se acerca.

—¿No quieres firmar la escayola a tu hermano?

—No —me dice pegado a la puerta—. ¿Nos podemos ir?

Mi madre me mira triste antes de asentir.

—Ve a la sala de espera, voy a ver si Cam necesita algo.

El pequeño asiente y sale corriendo. Es la segunda vez que viene a verme. La primera yo estaba dormido.

—¿Qué pasa? —Mi madre calla—. ¿Me puedes dejar de tratar como a un niño?

—La psicóloga creía que si te venía a ver, estaría mejor..., pero es evidente que no.

—¿Mejor de qué, mamá?

—Ernest tiene pesadillas desde que nos llamaron para decirnos lo que te pasó. Sueña que te mueres... y se despierta llorando. No sabía si contártelo o no...

—¿Y por qué me lo cuentas?

—Para qué dejes de cerrarte en ti mismo y empieces a desear curarte. La psicóloga me ha hecho un gesto como de que todo sigue igual. —Se acerca a la cama—. Te quiero en casa, hijo, me mata verte aquí..., pero no te van a dar el alta hasta saber que no vas a atentar contra tu vida.

—¿De verdad puedo hacer mucho estando en este estado?

—No lo creo, hijo, pero todo apunta a que trataste de suicidarte. El nuevo informe de la policía indica que hay señales de que aceleraste cerca del muro, como si quisieras que el golpe fuera más fuerte.

A mi madre se le llenan los ojos de lágrimas y yo me siento devastado por la nueva información.

Me abraza y me dejo abrazar.

—Lo siento... —respondo.

—No lo sientas, hijo. Deja que te ayuden. Abre tu mente y sabremos qué pasó.

Se separa y el dolor que veo en sus ojos hace que ceda. No soporto verla tan triste y saber que es por mi culpa, me mata. Se va tras decirme que Luke está de camino, que no han localizado a Blanca, pero que seguramente vendrá por la tarde, como siempre.

Me mosquea que no hayan localizado a Blanca. Ayer solo vimos una serie y, antes de que se fuera, no dije nada estúpido que la hiriera. Tiene que ser por otra cosa por lo que no la localizan.

Mi madre se va y al poco llega Luke.

Luke y Colin son muy buenos amigos. Colin siempre ha tenido facilidad para hacer amigos; su capacidad para dejarse llevar hace que sea el amigo perfecto. Yo soy más obstinado, y si algo no me gusta, nadie me mueve de ahí. La flexibilidad de Colin siempre le ha abierto muchas puertas.

—Hoy te toca hacer de niñera —le digo a Luke.

—No te quieren dejar solo por si pillas un cuchillo y te cortas las venas —bromea, y me guiña un ojo—. ¿Cómo estás?

—Mal, pero no por el dolor físico —reconozco.

—Te entiendo. Yo viví muchos años cabreado con el mundo. Ahora, tras lo sucedido, me pregunto si tú eras serio o distante, o querías ser así por una razón.

Aunque tener como prometida a Carla es para querer matarte de los nervios —bromea.

Luke y Carla estuvieron juntos, pero, tras acusar al padre de Luke de numerosos delitos fiscales y que este acabara en la cárcel, lo que provocó que perdiera todo su dinero, Carla fue la primera en pegarle la patada. Tal vez por eso yo no quise hacer lo mismo cuando fue ella la que se vio en la misma situación que Luke.

—Hace meses que no nos vemos —comento, y no sé muy bien por qué.

—¿Y eso te parece bien?

—Sí...

—Yo no soporto estar lejos de Peyton más de dos días. La necesito para respirar... No me puedo creer que esa cursilada romántica haya salido por mi boca. —Sonrío—. El amor te fríe los circuitos. —Se toca el pelo negro—. Si quisieras a Carla, no podrías estar sin ella. Si te gusta estar lejos de ella, es porque tal vez no sea amor lo que os une.

—¿Te has convertido en mi psicóloga? Te falta la libreta para tomar notas.

—No, pero piénsalo, y ahora vamos a ver si ponen deportes en la televisión, aunque a ti no te gustaban mucho.

Luke pone los deportes. No es que no me gusten, es que siempre fui muy malo a la hora de practicarlos y me cansé de ser el último elegido para jugar o escuchar comentarios como que era un mueble o cosas parecidas por parte de otros niños. Al final odiaba el deporte por todo lo que desencadenaba practicarlo.

—Esta carrera está muy interesante, pero si quieres, pongo otra cosa.

—No, déjala, pero ponme al día de cómo van las cosas.

—Eso está hecho.

Luke se pone cómodo a mi lado y me lo cuenta todo. Se nota que le gustan mucho los deportes y en concreto las carreras de coches. Las ha dejado, pero sigue disfrutando de ellas.

Me traen la comida y Luke se pilla algo para comer en la cafetería. Se lo trae a la habitación y así puede seguir viendo la carrera.

No tengo otra cosa que hacer salvo estar aquí y, por extraño que parezca, lo estoy disfrutando.

Luke es mucho más de lo que esperaba. Ha cambiado. Ha dejado de ser ese niño bonito al que le encantaba ser mirado y aplaudido, o ese joven enfadado con el mundo que no dejaba que nadie se le acercara. Ya sabía que desde que estaba con Peyton era mejor persona, pero no lo había comprobado hasta ahora.

Al final acabo por disfrutar de la carrera y, cuando me entra sueño por todas las pastillas que me tomo, me da pena dormirme y no ver quién gana.

Cuando despierto es Roy el que está en el cuarto, el hermano de Luke; que no esté Blanca me preocupa y me revela cuántas ganas tenía de verla.

Y por una vez no reprimo ese sentimiento. Aunque me aterra lo que pueda significar.

Capítulo 6

BLANCA

Ayer llegué tarde a casa y por eso se me han pegado las sábanas. No sé estar sin hacer nada. Esto de estar sin trabajo me está destrozando. Me va a tocar aceptar trabajar para mi padre, algo que no quiero.

Bajo a la cocina y veo a Luke mirando el correo.

—Buenos días, dormilona.

—¿Acaso no tienes que ir a trabajar o a estudiar?

—No, hoy es mi día libre. —Deja sobre la encimera lo que estaba mirando y veo que se trata de información sobre las carreras que corría antes.

—¿Pensando en volver a correr?

—No, pero como fui corredor y muy bueno, me mandan información. Al parecer han mejorado el circuito haciéndolo más seguro y ahora pueden correr mujeres también.

—¿En serio?

—Sí. —Lo arruga y lo tira a la papelera—. Yo paso. Me marcho ya. Nos vemos luego.

Lo veo irse y, en cuanto cierra la puerta, recojo el folleto y lo leo. Siempre he querido correr, sentir esa emoción en mis venas, pero nunca pude porque solo querían hombres... Ahora eso ha cambiado.

Es una locura. Lo sé. No estoy preparada... Es peligroso... Pienso mil razones para no llamar, para no inscribirme. Lo hago una y otra vez, pero al final acabo por mandar un correo con todos mis datos, pensando que no me llamarán, pero que así no me quedará la duda de qué hubiera sucedido de haberlo intentando. Siempre podré pensar que fue el destino el que no quiso que corriera, no yo.

* * *

Por la tarde voy a estar con Cam y nada más entrar, al ver su gesto, sé que algo no va bien.

—¿Qué ha pasado? ¿Estás bien? —Su expresión cambia al notar la preocupación en mi voz.

—Estoy bien. Al menos físicamente. No sé cómo abrirme a la psicóloga y me siento culpable por no saber ser de otra manera. Estoy haciendo daño a mi familia y no lo remedio. ¿Qué clase de persona soy?

Me acerco a su lado y me siento en su cama como puedo, teniendo en cuenta cómo están colocadas sus piernas escayoladas. Cojo su mano y lo miro a los ojos.

Noto un leve cosquilleo pasar entre nuestras palmas. Uno que pensé que estaba extinguido hace tiempo.

—Cam, deja de pensar en todos los demás y, por una vez, piensa solo en ti. Si tú no estás bien, no puedes esperar hacer feliz al resto.

Noto el dolor en sus ojos verdes, su frustración, su miedo... No puedo evitar abrazarlo, darle el apoyo que siento que necesita.

Sentirlo así de cerca me hace viajar en el tiempo, a nuestro último encuentro cargado de besos y abrazos. A esos «te quieros» que parecían ser para siempre, a esos instantes en los que nos creíamos los amos del destino, pensando que nada ni nadie nos separaría. Me lleva a lo mucho que lo amé y a lo feliz que era entre sus brazos. Me cuesta hablar. No sé ni mi nombre ahora mismo... Solo soy capaz de recordar el suyo, mientras mi corazón late acelerado y mis sentidos están atontados por su cercanía.

—Todo irá bien —digo al fin tras tragarme el nudo de nervios que siento en la garganta.

Me separo un poco. Hacía tanto que no nos mirábamos desde esta distancia, donde podía perderme en cada matiz de sus iris.

—No sé por dónde empezar —confiesa con una triste sonrisa.

—¿Por el principio? Para entender al Cam adulto, primero hay que comprender al niño. A mí que mi madre me abandonara no me afectó tanto como a ti la partida de la tuya.

—¿Y eso por qué? ¿Soy más débil?

—Yo no soy fuerte..., pero lo escondo bien. Ya sabes que odio la soledad y que mi padre nunca esté ahí... Ya sabes la de veces que lloraba cuando se iban mis cuidadoras y llegaban otras nuevas.

—Creo que ahí está el problema, que tú lloras, dices cómo te sientes, y yo no sé...

—Pues aprende. —Alzo la mano para acariciar su mejilla, donde hay una barba rubia incipiente—. Nunca te he visto así. Te da un aire más malote. Te queda bien no ir tan repeinado ni arreglado.

—Pues no te acostumbres. Cuando salga de aquí, seré el mismo.

—Tal vez no, Cam, y no es malo. No te tiene que dar miedo cambiar.

—No me gusta vivir sin control. Sé controlar a este Cam... No sé controlar al que casi se mata. ¿Y si cuando destape lo que pasó me pierdo del todo?

—Sé que te dará igual esto que te voy a decir, pero, si me lo permites, no dejaré que te pierdas. Has sido alguien importante en mi vida y no puedo ver cómo sufres.

Su mirada se relaja y me recuerda al amigo que perdí.

—Gracias. Me va a costar romper años y años de murallas construidas en torno a mí.

—Conmigo no te costó ser tú mismo.

—Cuando estaba contigo, era como si el resto del mundo desapareciera —reconoce—. Ahora es como si todo el mundo me asfixiara por querer entrar en mí.

—Pues hazlo fácil, Cam. Solo piensa en ti y el resto llegará solo. Por una vez sé egoísta y deja de pensar tanto en las posibilidades.

Sonríe y me aparto porque todo esto es demasiado intenso. Lo que siento a su lado es más fuerte de lo que esperaba, y mi deseo de prolongar el abrazo es muy fuerte. Por eso, por ahora, marco una distancia para recordar que solo somos dos ex que se soportan, no dos amigos que se quieren.

Jugamos a las cartas, pero de la forma correcta y, tras la cena, vemos la serie que estamos siguiendo.

Hoy también me quedo a dormir.

Me preparo la manta en mi sofá porque estamos en octubre y, aunque en la habitación está la calefacción alta, me gusta dormir arropada por las noches.

—¿Va todo bien, Blanca? —me pregunta cuando me meto en mi cama.

—¿Todo bien en torno a qué?

—A tu vida, ayer me dijeron que no te localizaron... Cuando te vas sin decir nada, es porque algo te asfixia. Antes cogías tu moto y te ibas a correr con ella... ¿Es lo mismo ahora?

Lo miro apoyada en el sofá.

—La moto no la uso desde que lo dejamos. Ahora soy más de irme con mi coche y perderme con él.

—¿Y es lo que pasó ayer? —Asiento—. ¿Por qué?

—Por el trabajo. Fui a una entrevista y era tipo test, y no pasé ni la primera fase. He estudiado una carrera para nada y la idea de trabajar con mi padre no me gusta. Quería estar cerca de él..., pero no como mi jefe.

—Mi padre es mi jefe.

—Tu padre me gusta como jefe, no como el mío.

—Te entiendo. ¿Y has mandado el currículum a nuestra empresa? Sabes que nos gusta contratar a gente que está empezando y formarlos.

—No, porque estabas tú...

—Ahora estamos juntos. Creo que podrás soportar verme alguna vez por allí si te cogen en el departamento indicado. Eso no depende de mí.

—Creo que podré soportarlo... Mañana lo llevaré. —Sonrío—. A ver si vuestra forma de entrevistar no me saca de mis casillas.

—No sé cómo es... Lo mismo somos igual de insensibles.

—Puede ser. Ya te contaré, y no intercedas por mí. Si consigo un puesto, quiero que sea por mi valía.

—No lo haría. No me gusta regalar nada en el trabajo. Lo mismo como jefe soy peor que tu padre.

—Tal vez ni lo sepa, porque por debajo de ti hay muchos más jefes que me mandarán cientos de cosas antes de que te enteres de mi presencia.

—Sí, somos una empresa grande y debería estar ayudando, no aquí, aburrido. Todavía ni me han devuelto el móvil.

—Pues ya sabes... A hablar con la psicóloga para que se convenza de que no eres un peligro para ti mismo y te den el alta.

—Mañana pensaré en tus palabras antes de hablar.

—Espero que eso sirva.

—¿Para poder dejar de hacer de niñera?

—No hago de niñera. Te hago compañía.

—Pero te encantaría estar en otro lugar. —Mira el techo.

—Me encantaría que tú estuvieras en otro lugar, pero como no es así y estás aquí, aunque no te lo creas, donde más tranquila estoy es aquí.

Se gira y me mira, sus penetrantes ojos verdes quieren ver demasiado, más de lo que yo quiero mostrar o admitir para mí ahora mismo. Por eso aparto la mirada.

Cierro los ojos para dormirme, pero me cuesta mucho. Soy demasiado consciente del hombre que tengo a unos metros de distancia.

Capítulo 7

CAM

Blanca entra por la tarde en mi habitación, librándome de un gran aburrimiento. Llevo solo desde esta mañana y mi cabeza no para de dar vueltas a todo.

—Vaya cara —me dice nada más verme.

—Es mi cara de aburrimiento.

—No te queda otra que estar aquí. Aprende a entretenerte. —La miro serio—. Bueno, como estás tan aburrido..., ¿qué quieres que hagamos?

—Vamos a jugar al Uno. No me apetece ni ver series ni la televisión ahora mismo. Solo ganarte —la pico.

—Eso será si te dejo, bonito. Seguro que a mí es a quien le sale la jugada perfecta.

Lo preparamos todo para jugar y, cuando me sale un giro, no puedo evitar preguntarle:

—¿Qué tal la universidad? ¿Ha sido lo que esperabas?

—¿Jugamos con nuestras normas?

—Algunas. Vamos, di.

Blanca mira las cartas y luego a mí.

—No, ha sido divertida y me lo he pasado bien, pero en algunos momentos me he agobiado mucho con los estudios. Ahora, al acabar y ver que el esfuerzo por ser de las mejores de mi clase no sirve para nada, me hace pensar que he perdido el tiempo.

—Ya te saldrá y, si no, piensa en otra cosa que te gustaría hacer y deja de dar vueltas a las notas que tuviste. Al menos tú puedes elegir qué hacer. Yo siempre supe que debía seguir los pasos de mi padre.

—Y lo haces muy bien.

—Ya..., pero porque he crecido formándome para ello desde muy pequeño. Nunca me he parado a pensar qué era lo que quería.

—Como en casi todo, Cam. Siempre piensas más en el resto que en ti. Solo te vi ser tú mismo a mi lado, y de eso hace muchos años.

—¿Y cómo sabes que era esa persona?

—Porque la felicidad en tus ojos no la puedes fingir por mucho que quieras.

No se lo discuto porque tiene razón y ella siempre supo ver mucho más en mí de lo que yo quería mostrar.

Seguimos jugando y le sale una carta de pérdida de turno. La miro sabiendo que me preguntará algo.

—¿Eres feliz en tu trabajo?

Me pierdo en sus ojos y niego con la cabeza.

—Soy bueno en mi trabajo, pero no soy feliz en él.

—Deberías cambiarlo.

—Es solo un trabajo, no mi vida...

—Es tu vida, Cam. Sé de ti por nuestros amigos en común.

—¿Qué amigos? Son los amigos de Colin, no los míos. Y si me soportan es por los lazos que compartimos.

—Bueno, como sea... Sé que solo vives para trabajar. Si no eres feliz trabajando..., es que no eres feliz con tu vida. Deberías cambiar eso.

—Sigamos jugando —digo sabiendo que otra vez tiene razón.

La partida sigue y nos preguntamos más cosas de nuestra vida. Me doy cuenta de que, aunque hemos pasado tiempo separados, no hemos cambiado tanto cuando estamos juntos.

Cuando se va, la soledad se hace más presente, porque ella llenaba todo este lugar, como me pasaba antes.

Mi mente evoca el primer recuerdo que tengo de ella siendo una niña. Era todo pecas y unos grandes ojos verdes. Como siempre, yo no hablaba mucho con la gente, pero a ella no podía evitar mirarla porque siempre se estaba riendo por todo. Su alegría me atraía como la miel a las moscas.

Ese día, varios amigos de mis padres habían ido a casa y, entre ellos, su padre con la pequeña Blanca.

Esta dejó el grupo de niñas y se fue sola para perderse entre las flores.

La seguí. No sé por qué. No sé qué me incitó a querer alterar su tranquilidad.

Cuando la encontré, llevaba flores blancas en el pelo y bailaba una canción que solo ella escuchaba.

Me moví hacia ella, atraído por esa niña pecosa, y eso me delató.

Alzó la mirada y pensé que gritaría o me diría que me fuera, pero no fue eso lo que hizo. Se acercó a mí y me cogió de la mano para bailar conmigo.

Me sentí atraído por la idea hasta que la descarté recordando quién era yo y qué debía hacer.

—Esto son solo tonterías de niños —le dije frío, y me fui.

Me dolió no dejarme llevar, no ser un niño más y no saber ser de otra forma. Tal vez por eso, cuando años más tarde se acercó a mí para jugar y me propuso ir a su casa, no pude decirle que no, pues llevaba años deseando que su mundo me atrapara.

* * *

—Si le dices a tu madre que te he traído esto, te mato —dice Blanca entrando en mi habitación por la tarde. Saca tras su espalda una bolsa y alza las cejas traviesa.

—¿Qué llevas ahí?

—Comida basura... A montones.

—Cierra la puerta y te juro que no diré nada.

Se ríe y lo prepara todo.

Me doy cuenta de que la hamburguesa es como me gusta. Hace años que no las tomo, desde la última vez que compartimos una.

—Toda para ti.

La cojo y me la como disfrutando de este manjar tan poco saludable y que tanto me gusta. Cierro los ojos y, por un segundo, es como si viajara en el tiempo a su casa, con ella cerca, buscando cualquier excusa para acariciarla.

Abro los ojos y la veo mirarme expectante.

—¿Te gusta?

—Me gusta mucho.

—Seguro que en tus viajes las habrás comido mejores...

—No, esta está deliciosa.

—Por suerte sigue abierto. Aunque ahora yo también las preparo. Luke nos ha enseñado a cocinar a todos para así no tener que cocinar siempre él.

—Me gustaría probarlas.

—Otro día te traigo una de las mías... o quedamos... o... ¿Todo esto se acabará cuando salgas? Ahora mismo no sé qué somos.

—Supongo que antiguos amigos... conocidos.

—Sí.

Comemos en silencio y disfruto de la cena. Blanca está pensativa y le tiro una patata a la cara.

—¿Qué te pasa?

—¿La verdad?

—He preguntado, ¿no?

—Ya... Estamos muy bien juntos... No esperé estar así contigo por cómo lo dejamos.

Tiene razón. No acabamos bien, y todavía se torció más la cosa cuando empecé con Carla.

En este tiempo no hemos hecho más que separarnos, y ahora, quien nos vea puede pensar que en verdad nunca hemos estado lejos el uno del otro.

* * *

—¿Qué te pasa? —me pregunta Blanca al día siguiente cuando al entrar me ve con cara de enfadado.

—Estoy harto de estar aquí. Me está destrozando por dentro. —Me señalo la cabeza.

Se acerca y me la toca. La siento tan cerca que su contacto me quema, y miro su cuello recordando cuánto le gustaba que perdiera mis labios en él.

—Pues ya sabes lo que tienes que hacer: curarte. A

menos que seas un cobarde... Si de verdad quieres que te den el alta, tendrás que dejar que entre en tu mente y dejar de cerrarte. Tu psicóloga ha estado hablando conmigo. Solo le dije lo que a mí me implicaba, pero nada de ti. Eso lo debes hacer tú.

—Cuando salga puede que sea un nuevo Cam.

—Me encantará descubrirlo. Seguro que nos llevamos bien.

—Esto es algo que quiero hacer solo...

—¿Qué quieres decir?

—Que no quiero que vengas más —digo serio, y me mira triste—. Te buscaré cuando salga. Quién sabe, tal vez podamos ser amigos entonces.

—A mí me gusta estar aquí... Quiero decir..., no me importa.

—Mi vida es la que se ha truncado, no quiero que esto paralice la tuya.

—Dejaré de venir solo si me prometes dos cosas.

—Di y me lo pensaré.

—Siempre tienes que tener la última palabra —rumia entre dientes—. Vale. La primera es que te dejes curar. —Da toquecitos en mi cabeza—. La segunda, que, cuando salgas, me busques y salvemos nuestra amistad sin importar lo que pasara. Me da igual cómo seas. Me gustará descubrir cada parte de ti. Antes de ser novios fuimos los mejores amigos y te he echado de menos.

Me cuesta tragar por el nudo de nervios que se ha instalado en mi garganta y asiento. Ella ha sido mi única amiga, y también he echado de menos tener a alguien en mi vida que tenga mil razones para estar en otro lugar, pero que prefiera quedarse a mi lado.

Y ella era así conmigo.

Capítulo 8

CAM

—Vale, entonces dejaste de pensar en ti cuando viste que tu hermano era más sensible que tú y sufría más. ¿Y eso era cierto? ¿Tú no sufrías o tú sabías esconder mejor tus sentimientos?

Miro a la psicóloga. Hace una semana que decidí contarle todo sin rechistar a cambio de que me dejaran solo, que nadie modificara su vida por mí más de lo necesario, y que Blanca dejara de hacer de niñera... Así se lo dije a ella, junto con esas dos promesas que no sé si cumpliré.

Al lado de Blanca, me he sentido más expuesto que en estas charlas, y tal vez por eso dije que hasta aquí, porque estoy muy débil y son demasiadas emociones juntas. Si vuelvo a su lado, quiero que sea estando fuerte y sin miedo a lo que supone ser amigos.

Me costó convencer a mis padres, pero al final aceptaron.

La verdad es que desde entonces me aburro mucho y echo mucho de menos a Blanca. Lo peor es el tiempo que paso solo, donde mi cabeza no para de dar vueltas a toda mi vida.

—Yo los sabía esconder mejor —admito—. No porque fuera más fuerte —continúo diciendo—, sino porque me hacía el fuerte por los dos.

—También para que tu padre no os abandonara. Suele pasar en niños abandonados... Les da por hacer trastadas y meterse en líos, como pasó con tu hermano, o se hacen más responsables por miedo a hacer algo mal y que el progenitor que se ha quedado los deje.

—Pues al ser mellizos, uno de cada —señalo con una medio sonrisa.

—Colin sabe expresar mejor que tú las emociones, pero es muy egoísta. Ha vivido toda su vida acostumbrado a que estuvieras ahí sin esfuerzo, y una vez que no lo estuviste, en vez de entenderlo, se enfadó porque no sabe estar al lado del Cameron que no le guarda las espaldas.

—Pues cuando salga de aquí, lo mismo soy aún peor.

—No lo creo, Cam. ¿Sabes por qué están teniendo tanto éxito los libros para niños donde se habla de los sentimientos? —Niego con la cabeza—. Porque al fin los padres se están dando cuenta de que hablar de lo que te preocupa es tan importante como que a tu hijo no le falte un plato de comida. Si enriqueces su cuerpo, pero te olvidas de su mente, el niño crecerá sin buenos cimientos para poder superar los problemas cuando sea mayor.

—No tengo hijos...

—¿Y quieres tener?

—No —indico tajante y muy serio.

Nota que algo no va bien, pero espero que no pregunte más.

Me mira y apunta algo en su dichosa libreta.

—Háblame de tu prometida. Lo que te une a ella.

No ha tocado ese tema en toda esta semana. Solo hemos hablado de mi familia, de la unión que tengo con mi padre y su mujer, cómo soy en el trabajo..., y ahora, cuando me he confiado, saca el tema que quiero evitar. Uno de tantos.

—Tenemos muchas cosas en común.

—¿Como cuál? O empieza a contarme cómo empezaste con ella.

Me mira y pienso si contarle la versión edulcorada que contaba Carla o la verdad. Luego me recuerdo que esta pesadilla no acabará hasta que haya diseccionado mi cabeza.

—Era todo lo opuesto a Blanca. Nada de ella me la recordaba y estar con ella me hacía pensar que así olvidaría a Blanca.

—¿Y resultó?

—Nos iba bien juntos. A los dos nos gusta estar tiempo solos...

—¿Y en la cama?

La miro asombrado por lo directa que es.

—Ella quiere llegar virgen al matrimonio.

—Ahh... ¿Y cuándo os casáis?

—No hemos fijado la fecha de la boda.

—¿Porque ella no quiere?

—Yo tengo mucho trabajo...

—¿Y la verdad?

La miro a los ojos, tenso la mandíbula y pienso su

pregunta. Me la repito una y otra vez hasta que dejo de dar vueltas a la respuesta.

—No tengo claro que me quiera casar con ella.

—¿Y por qué sigues a su lado?

Tomo aire.

—Lo perdió todo cuando acusaron a su padre de un sinfín de tropelías y está sola. No quiero dejarla más sola.

—En realidad es como está, Cameron. De ti solo tiene una palabra, pero no te tiene a ti. Puedes ser su amigo, ayudarla, pero fingir que es tu prometida para que no se sienta sola solo te hace daño y crea una falsa realidad autoimpuesta.

—Es decisión mía.

—Bien. ¿Y el amor?

—¿Qué pasa con eso?

—¿No te gustaría casarte con alguien por amor?

Lo pienso, y recuerdo lo que era vivir enamorado, el miedo a perder, la angustia por los celos y las inseguridades. El dolor inmenso en el pecho que no se iba nunca... Fue peor que cuando acepté que mi madre no volvería.

—No. No soy feliz sintiendo ese descontrol en mi vida. Me gusta preverlo todo y, cuando te enamoras, nunca puedes controlar qué pasará.

—Y menos si es de alguien como Blanca. —Sonríe.

—¿La conoces?

—Fui a su casa ayer para hablar con ella, quería entenderte mejor. He hablado con toda la gente que te rodea. Son parte de ti.

—Has comprobado que somos diferentes.

—Sí, pero no. Creo que el lado que ocultas es como una parte de ella, pero no quieres que vea la luz, y estar al lado de ella hace que esa parte tuya que no controlas quiera salir al mundo... Eso te asusta. —La miro sin decir nada—. Cameron, te comunico que solo tenemos una vida y tú la estás viviendo a medias.

Se marcha. Al día siguiente, me pregunta sobre mi madre.

Al fin le digo la verdad.

—Me dolió mucho que se fuera porque, pese a todo, la quería tanto como Colin. Lloré en silencio muchas veces y miré por la ventana del salón por si regresaba otras tantas... Al final aprendí que odiarla era más fácil que extrañarla.

—Gracias, Cameron, por compartirlo conmigo. ¿La sigues esperando?

—No, hace años la vi en uno de mis viajes. Estaba con su nuevo marido y, al mirarla, no sentí nada. Es triste, pero miraba a mi madre, la mujer que me hizo tanto daño, y solo sentía indiferencia, porque ella no había sabido quedarse y mi padre sí, y su nueva mujer, a la que llamo *mamá*, también. En cierta forma, sí recuperé a una madre, pero no fue ella. Me alejé sin decirle nada, comprendiendo que los lazos no los hace la sangre, sino los sentimientos.

—¿Y por qué no querías contármelo?

—Me hace sentir como un ser frío, porque miré a mi madre y no sentí nada.

—No eres frío, Cameron. Ella lo fue. Ella os dejó para vivir una vida como si nunca os hubiera tenido. Tú solo seguiste viviendo con su partida y sus decisiones. Sin darte cuenta, encontraste el amor que ella no te quiso dar en otra a la que adoras y llamas *madre*, pero eso no quita que no pienses que tuviste la culpa de que se fuera.

—¿Cómo lo sabes?

—Por mis notas. —Me enseña la libreta—. ¿Por qué crees eso?

—Mi madre era feliz con mi padre antes de que nosotros naciéramos. Ella no quería tener hijos, pero los métodos anticonceptivos que usaron fallaron y llegamos nosotros. Tal vez si no le hubiéramos exigido tanto..., no se hubiera ido. Hubiera visto que tenernos no era tan malo.

—Tú dices que no quieres tener hijos... ¿Es por eso?

—No.

—¿Entonces?

Me tenso y se me acelera la respiración.

—Cuando estuve enfermo de pequeño..., escuché cómo decían a mi padre que podía haber quedado estéril... Desde ese día me convencí de que no quería tener hijos.

—Por si no podías..., pero eras un niño, Cameron, ¿por qué pensaste eso?

—Mi madre se fue. Dejé de ser un niño en ese momento, y sabía que ella se marchaba por nosotros. Todo se sumó en mi cabeza.

—Entiendo. —Apunta algo y pasa páginas—. Blanca sí quiere tener hijos. De hecho, me dijo que su deseo era tener tres niños porque ella siempre se había sentido muy sola al no tener hermanos.

—Lo sé —indico triste.

—¿La dejaste porque la creíste infiel o fue una excusa porque querías que fuera libre ya que no podías tener hijos?

Mi mente me lleva a días antes, jugando a nuestro particular Uno... Tiré la carta de cambio de sentido y le pregunté:

—¿Quieres tener hijos?

—Un montón. Es una de las cosas que más deseo. —La ilusión en su mirada me partió el alma, sabiendo que, de seguir a mi lado, existía la posibilidad de que ese sueño nunca se hiciera realidad porque yo estaba roto por dentro.

Dejé el juego y me alejé de ella.

Esos últimos días la ignoré mucho y, cuando iba a buscarla, siempre estaba al lado de Noel, un chico guapo que se parecía mucho a ella.

Cuando me dijeron que me era infiel, me enfadé mucho y centré todo mi dolor por no poder ser lo que ella necesitaba.

Ahora me doy cuenta.

Era más fácil decirle adiós por unos cuernos que porque no podría ser nunca lo que ella anhelaba.

—Porque yo no podía hacerla feliz —reconozco al fin.

—Sí podías, Cameron..., que tú creas lo contrario es lo que debes cambiar.

—No hay nada que cambiar.

—Si tú lo dices... ¿Carla no quiere hijos?

—No.

—Y por eso es la mujer perfecta. Estás con ella, finges que tienes una vida, pero en verdad no tienes nada. —Anota cosas—. Blanca puede ser madre aunque tú no puedas. Existen métodos, Cameron. Estamos en el siglo XXI y tú mejor que nadie sabes que los lazos no los hace la sangre, sino las personas. Pero tú sigues viviendo tu vida a medias.

—¿No crees que eres un poco dura?

—No. Creo que estoy siendo muy blanda contigo,

pero se acabó. Ya me conoces y esto va a cambiar. Prepárate, porque de aquí va a salir un hombre nuevo que querrá vivir la vida y no malgastarla, o si no, haberte matado de verdad —me dice de forma dura, y me enfurezco, momento en el que sonríe—. No quieres morir, Cameron. Lo veo en tus ojos. Aférrate a esa fuerza para vivir.

Y cumple todo lo que me ha dicho en los días siguientes.

Me indica a las claras qué piensa y, por primera vez, no me callo lo que opino. Le debato, le discuto y dejo de ser un observador en mi vida.

Cuando me quitan al fin las escayolas, subo a la azotea para mirar la ciudad y sentir el aire acariciar mi piel. Ahí es donde me encuentra la psicóloga.

—No encuentro nada que indique que te quisiste quitar la vida, Cameron. Por mi parte estás bien y puedes irte a casa sin riesgo de que atentes contra tu vida. —Me da un papel—. Es tu alta. Empieza tu nueva vida.

—Nada va a ser igual.

—Lo sé. —Me da una tarjeta—. Es mi número. Ven a verme una vez por semana. Te va a costar adaptarte a todo ahora. Te has pasado aquí dos meses encerrado.

—Ahora me da miedo salir.

—Lo superarás y, por favor, aprende de todo esto y deja de ocultarte.

—Lo haré. Me has machacado la cabeza. —Se ríe—. Gracias.

—A ti. Me ha gustado conocerte. Eres genial. No lo olvides y no lo ocultes.

Me da un abrazo que no esperaba y se lo devuelvo de la misma forma.

Se marcha y me deja solo, con el alta en las manos y el miedo a mi libertad.

Toca empezar a vivir mi nueva vida.

Capítulo 9

BLANCA

—Es una locura —me dice Peyton asustada.

—No esperaba pasar las pruebas, la verdad... Estaré bien. Entiendo que no puedas venir a verme.

—Roy y yo sí iremos —me indica Emily no muy convencida—. Pero esto sigue sin gustarme. ¿En qué pensabas?

—Siempre he querido correr y, la verdad, esperaba no pasar. Ahora que sí estoy en la carrera, solo quiero disfrutarla. Tú me entiendes —digo mirando a Luke.

—Sí, pero no deja de ser peligroso por mucho que hayan mejorado la pista y las reglas.

—Estaré bien. Ahora os dejo, que tengo que ir a entrenar. Os veo mañana en la carrera.

Abro la puerta de la casa y casi choco con quien estaba al otro lado.

Alzo la vista y me cruzo con los ojos verdes de Cam. Mi corazón se dispara. Es él, pero no parece él. Ha cambiado mucho, lleva el pelo rubio sin repeinar y una barba muy sexi acaricia sus mejillas. Y qué decir de su ropa... Es moderna, muy diferente a la ropa elegante que solía llevar.

—Sé que eres tú por los ojos...

—He cambiado. Aquí estoy, como te prometí.

Mi corazón quiere latir con fuerza, pero lo retengo.

—Me alegro mucho de que te hayan dado el alta, y verte tan bien, pero ahora me tengo que ir... Ya llego tarde.

Lo último que quiero ahora mismo es irme, separarme de su lado, por eso me obligo a decir esas palabras. Por miedo a que ahora que está de vuelta todo sea como antes y no seamos ni tan siquiera conocidos.

No sé si estoy preparada para perderlo otra vez.

—¿Dónde vas? —pregunta al ver mi maleta.

—Voy a correr mi primera carrera. —Por su mirada sé que no se alegra. Como todos—. Sabes que me gustan...

—Sí, y que es peligroso. ¿Dónde es?

—A una hora de aquí y tengo que estar en el hotel en una hora. Llego tarde.

—Voy contigo y luego me vuelvo con un taxi.

—No hace falta que me sigas... Ya has cumplido tu promesa.

—Me apetece hacerlo, si no te importa.

—No me importa. Me ha costado no ir, pero entendía que querías estar solo...

—Sí, necesitaba encontrarme a mí mismo y, si no quieres llegar tarde, es mejor que nos vayamos.

Cierro la puerta de la casa y vamos hacia mi coche. No puedo dejar de mirar a esta nueva versión de Cam. Antes era guapo, pero ahora, además, es terriblemente sexi.

Guardo la maleta y entro en el coche.

—No sé por tu mirada si te gusta lo que ves o no —me comenta ya dentro del coche.

—Me gusta mucho —digo entre dientes—. Pero no pareces tú.

—Lo sé. Me han frito el cerebro y esto es lo que ha quedado.

—Si hasta sabes bromear... Me gusta.

Cojo el volante y conduzco hacia mi nuevo destino.

—¿Vas a correr con este coche?

—Sí.

—Hace un ruido raro.

—¿Ahora eres mecánico?

—No, pero escucho algo raro.

—¿Estás bien, Cam?

—No, pero no quiero que pares.

—¿Y vas a volver en un taxi tú solo luego?

—Puede ser, o me quedo contigo y me aseguro de que no te mates. No tengo nada mejor que hacer.

—¿Y volver a casa? ¿Has pasado por allí?

—Sí, me han dado el alta. He estado con mis padres y mi hermano pequeño comiendo. Luego me he ido de compras... De repente mi ropa me quedaba grande o no era de mi estilo. Ha sido raro. Era mi casa. Todo estaba igual menos yo.

—Llevas tiempo lejos de tu casa.

—Ya, voy a vivir por aquí y a trabajar desde aquí ayudando en la empresa de mi padre. No quiero estar lejos de mi familia más.

—Me alegro. ¿Y de qué querías hablar?

—Hay tiempo... Ahora céntrate en la carrera y ya hablaremos.

—Como quieras. Si quieres que vaya más lento, me lo dices.

—Mientras no nos mates, haz lo que quieras.

—Dime quién eres tú y qué han hecho con Cam. —Se ríe y no dice nada—. Sé lo que hago.

—Eso espero.

—¿Y es bueno para ti estar de viaje?

—Mi padre no me deja volver a la empresa hasta dentro de una semana, así que no tengo nada que hacer hasta entonces.

—¿Y te han devuelto el móvil?

—Sí, lo llevo en el bolsillo sin encender.

—Ya encontrarás el momento de hacerlo.

—Sí.

—Por cierto, trabajo en tu empresa, por los pelos, porque no me eligieron a mí, pero el chico al que le iban a dar mi puesto renunció por otro donde le pagaban más. Entonces me llamaron y ahora les he demostrado que debí ser la primera opción.

—Me alegro mucho por ti. No lo sabía porque te prometí que no me metería.

—Gracias por dejarme llegar por mis propios medios.

—Sé lo importante que es eso. Yo no he tenido esa opción. Desde niño supe que tenía que trabajar para mi padre y me preparé para ello.

—Y este tiempo que has estado sin trabajar ¿qué has sentido?

—Me costó hacerme a la idea de estar sin hacer nada... Luego me sentí liberado. No recuerdo la última vez, antes de esto, que estuve sin hacer nada.

—Deberías cambiar eso. Aprender a delegar, a pensar en ti también.

—Sí, muchas cosas van a cambiar en mi vida y estoy algo asustado.

—Poco a poco.

Llegamos al hotel y aparco. Vamos a la recepción y Cam pregunta si hay más habitaciones. No las hay. Solo nos ofrecen la posibilidad de cambiar la mía por una de dos camas y compartirla.

Al final aceptamos y subimos a la habitación con mis maletas.

—No te has traído ni ropa.

—Ahora me doy una vuelta y sigo actualizando mi armario.

Entramos y comprobamos que el cuarto es muy grande, pero con Cam cerca lo siento muy pequeño. Siempre me pasa cuando lo tengo cerca.

—Me tengo que ir —le anuncio al mirar el móvil—. Si necesitas algo, me llamas... Si tienes mi número...

—Lo tengo siempre que sea el mismo de cuando estábamos juntos.

—Sí. Nos vemos luego.

—Si puedes, mira que te revisen el coche.

—Yo no he escuchado nada, pero te haré caso. —Le guiño un ojo y me marcho a donde hemos quedado todos los corredores.

Esto es una locura, pero no puedo detenerla, quiero vivirla... Con lo que no contaba era con hacerlo con Cam a mi lado. Se me hace raro estar así con él ahora que no sé si somos viejos amigos, conocidos o solo dos ex que se soportan. Solo sé que no quiero estar lejos de él. Seamos lo que seamos.

CAM

Cuando me quedo solo busco mi móvil en la cazadora y lo enciendo.

Espero y me llegan cientos de avisos de mensajes y correos.

Los miro y todos son de publicidad o cosas de la empresa. Ni uno solo es preguntando por mí o de amigos... porque no tengo.

He estado desaparecido y nadie se ha acordado de mí, ni siquiera mi supuesta prometida. Pienso en ella y en lo que sé que siento.

La llamo y, como ya suponía, su móvil está apagado. Nadie ha podido localizarla. Algo pasaría ese día para que desapareciera así. Sabemos que está bien por sus movimientos bancarios de la cuenta que compartimos. Ha viajado por medio mundo hasta que el dinero se acabó. Decidí no ingresar más dinero en esa cuenta, ya que no estaba dispuesto a financiar más sus caprichos.

No tengo la culpa de lo que le sucedió a su padre, ni de que esté sola, ni de no amarla. Le escribo un correo a todas sus direcciones, esperando que lo lea, en el que solo le digo que lo nuestro se acabó, que me encantaría decírselo en persona y saber por qué ha desaparecido de esa forma estando yo a punto de morir. También le informo de que la cuenta compartida la cerraré en un mes, que le doy tiempo para que busque trabajo y empiece una nueva vida.

Lo mando y me siento mal por esta frialdad, pero me doy cuenta de que solo sigo el mismo patrón que hemos llevado en nuestra relación: la indiferencia entre los dos.

Carla nunca me ha querido. Quería mi dinero, mi posición, y yo sentir que tenía alguien que no quería nada de mí salvo lo económico. Era más fácil para mí darle dinero que amor.

Lo triste es que de esto no he sido tan consciente hasta ahora, hasta que me he visto al borde de un precipicio y he observado la vida que llevaba, la vida que llevaría si no hacía nada.

Y ya no puedo ser esa persona de nuevo.

Voy a comprarme ropa tras ver que cerca hay un centro comercial.

Se me hace tarde yendo de tienda en tienda, buscando lugares donde nunca he estado. Mi padre pedía mi ropa de niño y luego tenía un modisto que me ayudaba con esa tarea, que incluso me compraba todo lo que me hiciera falta, a la vez que me confeccionaba los trajes. Me he dejado llevar tanto tiempo que me ha costado ver qué quería, hasta que me he visto comprando cientos de cosas que tal vez no llegue a usar.

No soy el Cam que tuvo el accidente. Una parte de mí murió ese día.

Regreso al hotel y veo a Blanca en la puerta hablando con una chica morena muy guapa. Blanca parece nerviosa y, cuando me ve, noto como se relaja un poco.

—La carrera será por la noche —me suelta sin que le pregunte siquiera.

—¿Y eso te preocupa?

—No lo sé.

—Siempre puedes no correr.

—Ya...

—No nos han presentado... Soy Ivana. ¿Y tú?

—Cam —respondo cogiendo su mano.

—En mi país se dan dos besos. —Me da dos besos con descaro—. Encantada de conocerte, cariño.

No digo nada.

Blanca coge algunas de mis bolsas.

—Nos vemos mañana —dice Blanca a la chica mientras entra en el hotel.

Me despido de ella y la sigo.

—¿También corre?

—Es patrocinadora. Está buscando dónde invertir su marca y quiere sobre todo mujeres, ahora que podemos correr. Como soy la única, la tengo pegada como una lapa.

—¿No hay más mujeres?

—No, solo yo pasé las pruebas clasificatorias... ¿Qué narices estoy haciendo, Cam? —me pregunta en el ascensor.

—Eso me lo pregunto yo desde que me monté en tu coche.

—Por un lado, me muero por correr, por sentir esa adrenalina... Por otro, estoy cagada.

Salimos del ascensor y vamos hacia la habitación. Al llegar, deja mis cosas y da vueltas por el cuarto.

—¿Por qué quieres correr?

—Siempre he querido hacerlo..., pero antes era más joven e insensata. Y ahora... —Se gira y me mira—. ¿Estoy loca o persigo un sueño?

—Estás loca, pero eso ya lo sabes.

Sonríe. Es preciosa.

—Cam..., una parte de mí, la prudente, dice que me quede sin hacer nada; otra dice que lo haga, que lo pruebe, que viva...

Sus ojos verdes brillan de emoción. Era la misma emoción que tenía antes de coger la moto y correr con ella por la noche sin rumbo. Yo iba tras ella y era partícipe de sus gritos de júbilo.

—¿Puedes llevar copiloto?

—Sí...

—Entonces corramos juntos. Hazme parte de tu locura.

Se acerca y me toca la frente.

—¿Estás de verdad bien? —Asiento divertido—. Has tenido un accidente de coche... ¿Quieres meterte en una carrera de coches con gente majara?

—¿No me subí cientos de veces tras de ti en la moto sabiendo que era peligroso?

—Soy una mala influencia para ti.

—Puede ser... o puede que a tu lado se me olvide dejar de hacer lo que el resto quiere y piense en lo que yo quiero. ¿Sabes que Luke piensa que no me gustan los deportes?

—¿De verdad?

—Sabes que me encantan, que cuando estábamos juntos veíamos partidos de fútbol y carreras de coches... De eso hace mucho, la verdad. No tenía tiempo ni de respirar desde que... lo dejamos.

—¿Por qué?

—Era más fácil eso que echarte de menos —reconozco a fin.

—Cam..., para mí tampoco fue fácil, y estar cerca de ti ahora me da más miedo que correr, la verdad. Sé lo que duele enamorarse de ti y perderte.

—Eso no pasará —digo tajante—. Pero podemos ser amigos.

—Claro que no pasará, y ser tu amigo... No sé si quiero —miente, y lo veo por la sonrisilla que asoma en su boca—. ¿De verdad te quieres subir conmigo?

—Sí, quiero.

—Estás loco.

—Guárdame el secreto. El resto de las personas creen que llevo una escoba metida por el culo.

Blanca se ríe, y yo acabo por hacer lo mismo.

Es triste darte cuenta de golpe que llevas años

siendo invisible para las personas que te rodean. Que has pasado por su vida sin llamar la atención hasta el punto de que nadie se acuerde de ti cuando casi mueres.

—Vale, tenemos que ver vídeos de otras carreras aquí, aprendernos cada curva. ¡Qué emoción!

Me pierdo en su emoción, en sus sueños, y me olvido por unos segundos de lo que me preocupa, de lo solo y perdido que me siento lejos de mis seres queridos, porque no tengo a nadie más que a ellos. Llevo veinticinco años viviendo la vida que yo pensaba que quería, y en realidad era la que otros querían para mí, haciendo todo como debería y no como deseaba. Ahora no sé ser esa persona y tampoco sé por dónde empezar a vivir.

Pero lo que sí sé con seguridad es que correr al lado de Blanca es una locura, una que quiero vivir.

* * *

Es temprano, estamos en el circuito para entrenar. Nos hemos pasado gran parte de la noche revisando carreras, sobre todo las de Luke cuando era el Príncipe de Hielo.

Blanca casi no ha podido dormir. No he parado de escucharla dar vueltas en la cama, y lo sé porque me ha pasado lo mismo. Me ha costado mucho no girarme y mirarla mientras dormía. Quería darle espacio a ella y distancia a mí de lo que siento estando cerca de ella. Al final, una de las veces que se durmió, me giré y la observé dormida bajo la luz de las farolas. Lo hice muchas veces cuando estábamos juntos, me daba paz verla dormir, y es lo mismo que sentí en ese momento. Sigue siendo todo tan intenso y peligroso como antes. No quiero cruzar la línea que separa la amistad del amor.

Me subo el mono y voy hacia el coche de Blanca, el único que no tiene ni un patrocinador. Cojo el casco que hay en el asiento del copiloto y me lo pongo.

Blanca se pone el suyo y entra en el coche.

—¿Lo han revisado?

—Sí, tenía una junta salida, pero no era nada de importancia. Cam, ayer te agobió el viaje. ¿Estás seguro de esto?

—No, pero quiero hacerlo... Estoy cansado de ser prudente.

Asiente y lo prepara todo para el entrenamiento.

Pone el coche en marcha y empezamos.

Va muy rápida, y al principio no puedo ayudarla mucho, solo agarrarme en el asiento y recordarme que debo respirar. Poco a poco me voy relajando y le doy pequeños consejos de cómo coger las curvas o cómo adelantar.

Cuando para el coche, salgo de él y me quito el casco antes de andar unos metros solo, lejos de ella.

—¿Estás bien, Cam?

—Sí...

—No tienes que correr conmigo... —Se pone ante mí. Lleva el pelo pegado a la cara por el sudor del casco, y se lo aparto evitando fijarme en sus rojos labios en los que me encantaba dejar cientos de besos.

—Quiero hacerlo. Estoy entre aterrado y eufórico.

—Estás loco. No puedes de golpe vivir todas las experiencias de las que te has privado desde niño.

—¿Por qué no? No quiero dejar de lado ni una más.

—No tienes que hacerlo todo de golpe, Cam...

—Estoy bien. Vamos a probarlo otra vez.

—Como quieras.

Montamos en el coche y esta vez va más rápido. Es muy buena, pero duda mucho y eso hace que baje la velocidad demasiado pronto antes de cada curva.

—Tienes miedo. Si quieres ganar, no puedes dudar tanto.

—Me gusta mi vida. No me la quiero jugar. —Me mira pensativa—. ¿No te aterra la velocidad tras lo sucedido?

—Creía que sí..., pero no, no recuerdo nada de lo que pasó. ¿Te importa si conduzco yo?

—¿Puedes hacerlo?

—Sí.

Blanca duda, pero al final sale del coche y yo hago lo mismo.

Estamos solos. Ya se ha ido todo el mundo para descansar de cara a la carrera de esta noche.

Dudo frente a la puerta y entro.

—Quiero ir solo.

—Es una locura, Cam...

—Quiero hacerlo solo, por favor.

—¿Qué estás pensando, Cam?

—Nada. Solo que no sé qué pasará cuando conduzca y no quiero ponerte en riesgo.

—Estamos juntos en esto. No me pienso bajar. —Nos miramos a los ojos. La determinación en su mirada me hace ver que no se irá y que, si hago esto, lo tengo que hacer con ella.

Me acerco hacia su cinturón y se lo pongo, aunque ella es capaz de ponérselo sola. Tiro de él, para asegurarme de que funciona, aunque ya sé que sí porque he notado sus tirones.

Intento hacerlo de forma impersonal, pero soy muy

consciente de ella siempre. De su cuerpo y de cómo algo tira de mí hacia ella desde que la conozco.

Nos miramos de cerca y con los cascos puestos, y aun así ni los monos evitan que su calor me atrape y su mirada me haga perderme en sus iris verdes.

—Está bien —digo regresando a mi lado. Me pongo el mío y pongo las manos en el volante—. Sin normas de circulación. Pienso darles una patada a todas ellas.

—Ya lo veo —comenta—. Vamos, Cam. Déjate llevar.

Voy hacia la línea de meta y me preparo. Noto el corazón a punto de estallarme. Una parte de mí dice que no lo haga, que detenga esta locura... Otra dice que haga lo que quiera, que deje de pensar en todos los «por qué no».

Aprieto el acelerador. La carrera empieza y noto cómo la velocidad entra en mí, como si recorriera mi cuerpo con cada acelerón.

Llega la primera curva y reduzco en el último instante haciendo que las ruedas chirríen y derrapen por la pista, logrando que el coche pierda el control sobre la tierra hasta que me hago con él.

Esto es una locura.

La siguiente la hago mejor, y en la recta, acelero todo lo que puedo. Cuando acabo la primera vuelta, la adrenalina corre con tanta fuerza en mis venas que casi no puedo ver nada más. Mi mente recuerda las veces que dejé de hacer el loco por el qué dirán, porque tenía que ser el hijo perfecto, porque no quería dar a mi padre razones para dejar de quererme... Corro sabiendo que todos mis miedos eran infundados y que llevo una vida sin vivir por culpa de ellos.

Todo va bien hasta que, al intentar frenar en la recta, me invade el miedo de que los frenos no vayan a funcionar. Veo el muro del final y sé que chocaré.

Freno en el último segundo al escuchar a Blanca gritar y al sentir sus manos girando el volante.

No nos damos de milagro.

Me quito el casco y el cinturón, y salgo del coche. Mi mente no para de visualizar un instante de esa noche.

Blanca se pone ante mí ya sin casco.

—¡Cam! —Pone su mano en mi mejilla.

La miro a los ojos y compruebo que está preocupada.

—Esa noche no podía frenar..., pero quería frenar.

—¿Estás seguro? —Asiento—. He leído el informe de la policía donde indican que los frenos estaban bien. ¿De verdad no podías frenar?

—No, y sabía que chocaría...

Blanca me mira con los ojos llenos de lágrimas y me abraza con fuerza.

Me quedo quieto hasta que la rodeo con mis brazos y bajo mi cabeza para encerrarla en su cuello. Su acelerado corazón se entrelaza con el mío al tiempo que su abrazo me calma y me trae de vuelta a la realidad, sin poder olvidar un pasado donde abrazarla era lo mejor de mi mundo.

—Ya descubrirás qué pasó.

—Sí, ¿otra carrera?

—¿Para que nos mates? —pregunta en mi pecho—. Me muero de hambre y necesito una ducha ya.

—Vale, era broma.

Lo recogemos todo y dejamos el coche listo para la carrera.

—Has conducido mejor que yo —apunta ya de

vuelta en el hotel, preparando sus cosas para darse una ducha—. Ha sido alucinante. No sabía que podías conducir de esa forma.

—Es lo que tiene dejar de vivir reprimido. Estoy cambiando y no puedo parar ahora que he decidido hacerlo.

—Lo sé. Lo veo en tus ojos. Me pregunto cuánto tiempo estarás cerca antes de que decidas irte a ver mundo solo, sin tus ataduras.

—¿Por qué me conoces tan bien?

—Porque no somos tan diferentes como siempre has creído, Cam. Tal vez lo que te atrajo de mí es que era todo lo que tú querías ser. Es posible que lo llamaras *amor*, pero en verdad solo te atrajera de mí la libertad que yo tenía y tú te negabas. —No le respondo porque no tengo repuesta para eso—. Me ducho primero.

Se adentra en el aseo y me acerco a la ventana. Sé que la quise, más que a nadie, pero ¿y si no fue amor y fue solo atracción como ella ha dicho? No lo sé, y ahora ya es tarde para responder esa pregunta. Solo somos dos viejos amigos que se han vuelto a encontrar porque en verdad nunca quisieron estar separados.

Capítulo 10

BLANCA

Me preparo para la carrera. Estoy deseando correr. Disfrutar de cada acelerón, de cada segundo de incertidumbre entre lo que hago y lo que pasará.

Tras el baño, pedí algo de comer mientras Cam se duchaba. Cuando salió iba vestido con ropa para salir a la calle. Solo me dijo que necesitaba estar solo y se fue.

No ha vuelto.

—¡Blanca! —Roy se acerca y me abraza—. Estás loca —me dice sonriente.

—Muy loca —indica su novia Emily—. ¿Estás segura? —Asiento—. Entonces... ¡Machácalos!

Me abraza mientras Roy revisa el coche como tantas veces hizo para su hermano Luke.

Busco a Cam entre toda esta gente. No regresa y me preocupa por si no está bien, más que por el hecho de que me deje tirada. El Cam que yo conocía nunca hubiera faltado a su palabra, pero me estoy dando cuenta de que ese Cam tal vez no exista ya, y que este nuevo esté cambiando la idea que tenía de él.

Esta mañana, al verlo correr, vi una parte de él que ni imaginaba. Solo lo reconocí cuando lo abracé y en silencio nuestros corazones hablaron un idioma que sí entendía, que me era familiar.

—Está todo bien. Estaremos apoyándote —me dice Roy.

—Entonces, ¿ahora eres tú la Princesa de Hielo? —Miro detrás de Roy y veo a Luke y a Peyton.

—¿Habéis podido venir?

—Lo hemos arreglado para estar a tu lado. —Peyton me abraza—. Prométeme que no te pasará nada.

—Lo prometo. —Peyton sonríe y mira hacia la grada donde están Ronnie y su novia con una pancarta enorme con mi nombre—. Estáis locos. —Se lo digo emocionada. Abrazo a mis amigas y me siento más segura de mí misma. Todo va a ir bien.

Se van hacia la grada y entro en el coche para llevarlo hasta mi puesto de salida: el último lugar.

Observo el asiento del copiloto y pienso en Cam, en lo que descubrió, en cómo estará y en tener que aprender de nuevo que, aunque hubo un tiempo en que, si estaba mal, me buscaba a mí..., eso no volverá.

Me preparo. Quedan solo segundos... Escucho mi respiración amplificada dentro del casco. Mis latidos los escucho también sin dificultad.

Cierro los ojos, me concentro, recordando cada curva, cada recta, cada segundo antes de dejarme llevar por la adrenalina, y escucho la puerta. Abro los ojos y veo a Cam poniéndose el cinturón.

—Casi no llego.

—No te esperaba.

—Te di mi palabra, y ahora da lo mejor de ti.

—No tienes por qué hacerlo.

—Quiero hacerlo, quiero estar a tu lado.

Asiento y me centro en la carrera con este copiloto que nunca esperé tener.

Tomo aire y suena el pistoletazo de salida. No hay vuelta atrás.

Acelero y empieza mi primera carrera, que no tengo claro si será o no la última.

Llego a la primera curva y tengo que tener cuidado de no chocar. Al pasarla, adelanto a un par de coches que se han cerrado el paso el uno al otro. Me sé el circuito de memoria, pero no tengo ni idea de los peligros que pueden surgir.

Cam hace de copiloto de maravilla y evita varios choques.

Grito cuando casi me dan, pero no es de miedo, sino de euforia cuando salgo victoriosa.

—¡Esto es una locura! —digo entre risas nerviosas.

—Y que lo digas.

Seguimos la carrera y, aunque doy todo de mí, quedo la penúltima.

Paro el coche y me quedo quieta. Miro el volante y trato de volver a mí misma.

—Una y no más —indico entre risas.

—Me alegra escuchar eso.

Nos quitamos los cascos y salimos. Miro a la grada y alzo los brazos como si hubiera ganado.

—¡No he sido la última! —grito, y como si me hubieran escuchado, mis amigos aplauden más fuerte.

Ando hacia Cam y lo abrazo.

Me devuelve el abrazo.

Mis piernas tiemblan y no sé si por la carrera o por estar de nuevo así con él. Al separarme lo miro.

—Gracias por vivir esto conmigo.

—De nada. —En sus ojos veo algo que no sé identificar. Parece triste.

—¿Qué pasa?

—Me marcho... No sé hacia dónde. No sé si volveré... Solo sé que quiero perderme y encontrarme mientras descubro el mundo sin la atadura de trabajar. Necesito seguir descubriendo quién soy ahora, porque no sé ser quien era antes del accidente.

Noto como los ojos se me llenan de lágrimas que reprimo.

—Sé feliz, Cam, y cuando vuelvas, tal vez podamos encontrarnos de nuevo.

—Quién sabe...

Acaricia mi mejilla y se separa. No me hace falta saber que irá al hotel y su aventura empezará hoy. Me cuesta marcharme sabiendo que tal vez lo vea en unos meses o pase toda una vida antes de reencontrarnos.

Duele mucho, porque sin darme cuenta me imaginaba una vida con él de vuelta como amigo. Sé que tiene que irse, pero eso no hace que duela menos verle partir.

Me trago el dolor y voy hacia donde me esperan mis amigos. Al llegar, me abrazan y me alzan hacia arriba como si hubiera ganado.

—La siguiente será mejor —me dice Ronnie.

—No habrá siguiente. La he disfrutado, pero esto no es para mí —le anuncio.

—¿Era Cam? —me pregunta Luke mirando hacia mi coche.

—Sí, pero se ha ido para tal vez no volver nunca.

—Colin me dijo que había salido muy cambiado del hospital —comenta Luke—. Y muy perdido...

—Espero que pronto encuentre su camino ahora que tiene una segunda oportunidad —le digo.

Luke asiente; el resto solo escucha sin opinar nada. Roy y Luke son los que más conocen a Cam, pero tampoco se les puede considerar amigos, porque Cam siempre se ha apartado de la gente. Le ha gustado siempre más observar que participar. Hubo un tiempo en que estuvo cerca de Roy, que eran amigos, pero de eso también hace mucho.

Soy la que más lo conoce de todos los que estamos aquí, y ahora mismo no sé si lo que sabía de él ya no existe.

Hablan de ir de fiesta y, aunque estoy agotada, tampoco me apetece quedarme sola y pensar en Cam, en si algún día volverá...

Voy a mi hotel y me doy una ducha.

Cam ya se ha llevado sus cosas y no hay rastro de él en la habitación.

Bajo con mis cosas en la maleta y preparada para la fiesta.

Me esperan Luke y Peyton, el resto se han ido al bar de Roy, para la fiesta. Mi coche se lo ha llevado Ronnie. Yo no tenía fuerzas para conducir de vuelta.

—Ten. Algo para cenar de camino —me dice Peyton dándome una bolsa que huele de maravilla.

—¿No te importa que te llene el coche de migas? —le pregunto a Luke con una sonrisilla.

—No mientras mañana cojas la aspiradora y me lo limpies.

—Eso solo será si me apetece levantarme de la cama. He estado tan nerviosa por la carrera que creo que dormiré el día entero.

—Y por Cam, supongo —señala Peyton mientras vamos al auto de Luke—. ¿Cómo es que acabó en tu coche? Más teniendo en cuenta su accidente...

—Le hice prometer que cuando saliera del hospital, me buscaría. Cuando salía de viaje para la carrera, vino a buscarme y se apuntó. Parecía perdido.

Entramos en el coche de Luke.

—Cam siempre ha vivido la vida que creía que debía tener —apunta Luke—. El accidente, la psicóloga y estar solo tanto tiempo por decisión suya le han hecho darse cuenta de muchas cosas. Es normal que se sienta perdido, y más si su hermano en este tiempo ha dejado de vivir a la sombra de Cam y su padre y está demostrando lo capaz que es de liderar la empresa.

—Eso no lo sabía —digo a Luke.

—Colin es uno de mis mejores amigos, pero siempre ha dado la mitad de sí mismo porque le aburría dar más —continúa explicando Luke—. Ahora que Cam no estaba para hacerlo casi todo, le tocó tomar las riendas y le ha gustado. Los dos han cambiado.

—¿Siguen distanciados?

—Sí.

—¿Porque lo delató? Es ridículo.

—No es por eso —dice Luke—. Pero no te puedo contar más. Es secreto de amigos.

—Vale. Ya lo descubriré.

Ceno lo que me ha comprado Peyton, que está delicioso. Tal vez por lo poco que he comido hoy. Correr ha sido una experiencia que no olvidaré, pero ahora sé que no es lo mío. Al acabar no pensaba en la siguiente carrera, pensaba en que había logrado acabar la carrera de una pieza.

Llegamos al *pub* de Roy y la gente que ha visto la

carrera me felicita. Algunos dicen que al menos no he sido la última.

Intento disfrutar de este momento y que la tristeza por la partida de Cam no lo empañe. Sé que he sido tonta al ir a su lado, pero necesitaba saber que, aunque su camino siga separado del mío, él estará bien.

Voy hacia la barra para pedirme algo y alguien choca su hombro contra el mío, me giro y agrando los ojos al ver de quién se trata.

—¿Noel?

—Tanto no he cambiado —me dice con una medio sonrisa. Sus ojos negros relucen y el pelo oscuro cae por su frente.

Me tiro a sus brazos.

Noel se fue tras acabar el primer año de carrera porque decidió dejarla y trabajar con sus padres.

—¿Qué haces aquí?

—El negocio de mi padre cerró y he decidido retomar la carrera. Llevo aquí desde septiembre.

—No te había visto. ¡Qué alegría!

Pedimos algo de beber y vamos junto a mis amigos. Lo conocen de vista, pero nunca quedamos más allá de las clases, por eso se lo presento formalmente.

—Encantado de conoceros —les dice Noel amable.

Nos quedamos con ellos hasta que nos vamos cerca del escenario a bailar con la banda de música de esta noche. Cantan algunas canciones suyas y otras que conocemos todos y que cantamos hasta quedarnos sin voz.

Al final, el cansancio se abre paso en mí y le digo a Noel que me marcho a casa.

—Te acompaño. —Asiento y me despido de mis amigos—. ¿Qué ha sido de tu vida? —me pregunta ya fuera del local.

—Pues acabé terminé la carrera y acabo de conseguir un trabajo, aunque todavía estoy en periodo de prueba. Me ha costado mucho conseguir una sola entrevista. Está la cosa muy mal.

—Te entiendo. Mis padres trataron de seguir con la tienda por todos los medios, pero al final tuvieron que cerrar. Así que ahora estoy en la universidad y buscando trabajo para costearme los gastos.

—¿De qué era la tienda?

—De zapatos, pero pusieron un centro comercial cerca y las ventas empezaron a decaer hasta que fue imposible seguir.

—Evolucionamos y eso trae consecuencias.

—No me importa evolucionar. Soy consciente de que en esos lugares también trabajan cientos de personas que, como mi familia, tienen miles de gastos, pero la evolución no apoya a las personas que en su día fueron pioneros, y los años hacen que ahora no solo tengan que aceptar el cierre, sino que sean mayores para ser contratados en la mayoría de los empleos.

—Tienes razón. Mi padre ahora es el alcalde de esta ciudad. Le diré que piense algo para ayudar a las personas que pierden sus negocios.

—Quién sabe, lo mismo puede hacer algo, pero lo veo difícil. Sus decisiones antes de ser aprobadas pasan por muchas personas y siempre hay otras cosas que interesan más. Las buenas ideas suelen perderse por el camino.

—Sí, no entiendo mucho de política. Sabes que no hablo mucho con mi padre.

—¿Sigue todo igual?

—Peor. Ahora vivimos más cerca y estamos más lejos que nunca —le reconozco.

—Lo siento.

—Debería estar acostumbrada.

—La verdad es que sí. Tu padre pasa de ti desde que naciste.

—Aún lo recuerdas —respondo con una sonrisa.

—Me he acordado mucho de ti. Éramos buenos amigos. —Me detengo y mira dónde estamos—. Vives en el mismo lugar.

—Sí, a la casa de mi padre solo voy por obligación.

Se me abre la boca, aunque intento reprimir el bostezo.

—Me marcho. Estás agotada. ¿Quedamos otro día?

—Claro, tengo el mismo número. Llámame cuando quieras.

Asiente y se marcha.

Lo veo alejarse, recordando lo mucho que me ayudó cuando lo dejé con Cam. Fue un gran amigo que se marchó antes de que pudiéramos ser los mejores.

Estoy feliz de que haya vuelto, pero si he de ser sincera, no soy capaz de dejar de pensar en Cam, en su mirada triste y perdida. Tal vez cuando lo vuelva a ver sea feliz o al menos haya encontrado su camino.

Capítulo 11

BLANCA

Hoy es Nochebuena y me estoy preparando para la cena en casa de mi padre.

Mi padre ha aplazado varios compromisos para que cenáramos juntos. Nunca hemos pasado estas fiestas juntos, siempre ha habido cientos de compromisos antes que yo. Tal vez por eso, no puedo dejar de mirarme al espejo, ilusionada por pasar mi primera Nochebuena en familia.

—Estás muy guapa —me dice Emily entrando a mi cuarto.

—Gracias.

—Nosotros nos vamos a casa de mis padres. ¿Nos vemos mañana en casa de Colin, en la fiesta de Navidad?

—Sí, mi padre ha aceptado la invitación. Iremos después de hacer cosas juntos.

Emily me mira sin decirme lo que sé que le está pasando por la mente, que tal vez mi padre haga más en mi imaginación que en la realidad.

Desde que vivimos en la misma ciudad, casi no nos hemos visto. Hemos tomado algún café juntos y poco más, le gusta viajar y estar siempre reunido para arreglar este pueblo. He posado con él en algún evento y he dicho lo maravilloso que es para los medios, y poco más.

—Pasadlo bien —me desea antes de abrazarme.

Peyton entra y, al ver el abrazo, nos abraza con tanta fuerza que caemos a la cama.

—Eres una bruta. —Peyton se ríe tan fuerte que llama la atención de Luke, que se apoya en la puerta de la habitación para mirarnos.

—Os fastidiáis.

Me despido de ellas y me marcho con mi coche a casa de mi padre con los nervios a flor de piel. ¿Qué habrá preparado para la cena? Me pregunto si la casa estará decorada con cosas de Navidad. Nunca la hemos decorado porque la gente que trabajaba para nosotros se iba con su familia y yo me quedaba con la niñera, para cuidarme, no para darme una fiesta.

Aparco el coche y salgo hacia la casa entrando por la cocina. Veo a los cocineros preparando la cena; son nuevos, llegaron hace poco. Mi padre sigue rotándolos aunque yo no viva aquí.

Voy al salón, abro la puerta y no veo lo que esperaba ver. No hay árbol, no hay adornos, no hay nada.

Escucho la voz de mi padre detrás de mí hablando por teléfono y me giro. Al verme me sonríe y me da un beso en la frente antes de seguir con su llamada para irse al despacho. Se encierra en él y dejo de escuchar su ronca y profunda voz.

Ando hacia el sofá y saco el móvil, único compañero de esta noche que empieza tan solitaria.

Miro las fotos de mis amigos y observo a Colin, que sale riendo en una de ellas con Luke. Se ha vuelto muy responsable desde que Cam se hizo a un lado en la empresa. Esto ha hecho que madure y deje de lado tanta tontería que tenía en la cabeza. Me cae mucho mejor ahora que tiene los pies más en la tierra.

De Cam solo se sabe que está bien. Lo sé porque a veces Roy y Luke lo comentan. Cuando escucho su nombre, contengo la respiración para no perderme nada de lo que dicen de él.

Lo echo de menos y no debería... Debería haber aprendido a vivir sin él. Sin recordar lo que era perderse en su mirada y refugiarse entre sus brazos.

Era más feliz viviendo sin reconocer cuánto lo echaba de menos.

—Hola, hija. —Mi padre entra al fin en el salón—. ¿Cenamos?

—Claro.

—Siento que no me haya dado tiempo a decorar la casa. Me centré tanto en las decoraciones de la ciudad y en la del ayuntamiento que, al llegar esta tarde a casa, me di cuenta de que estaba sin nada o casi nada. —Saca de su bolsillo una bola de Navidad de cristal—. ¿Vale esto? La tenía olvidada en el coche.

—Me vale. —La cojo y la pongo en la mesa que han preparado para los dos.

Mi padre pide que traigan la comida y hay demasiado. Me pregunta por el trabajo.

—Estoy muy orgulloso de cómo has ascendido en la empresa. Ya estás cerca de la dirección.

—Me gusta mi trabajo y soy muy buena en ello.

—Esa es mi pequeña. —Mi padre me acaricia la nariz de forma cariñosa.

Podría odiarlo por el poco tiempo que pasa conmigo si no fuera por estos gestos que me hacen pensar que me quiere.

No hemos empezado a cenar cuando lo llama el ama de llaves.

—Tiene una llamada importante.

—Ya voy. —Se levanta y me mira—. Sigue cenando. No tardaré.

Asiento y continúo con la cena, mirando la única bola de Navidad que hay. Cuando termino, mi padre todavía no ha regresado y pido que me den una bandeja para llevarme el postre a mi cuarto.

«¿Por qué esperaba que esta noche fuera diferente?», pienso mientras me como la tarta de chocolate.

Me asomo a la ventana y veo la nieve caer con el móvil en la mano.

—¿Blanca? —Me cuesta asimilar de dónde viene esa voz hasta que, al bajar la mirada, compruebo que he llamado a Cam.

«Mierda», pienso.

He soñado tantas veces con llamarlo, y lo he intentado otras tantas sin atreverme a llegar al primer tono de llamada, que lo tenía de los primeros números en el teléfono. Creía que el móvil estaba bloqueado, pero no... He acabado por hacer una tontería...

—¿Blanca? ¿Estás bien?

—Hola... Yo... No quería molestarte. Te he llamado sin querer, pero entiendo que estarás superocupado y no tienes tiempo para mí. Perdona...

—Para. No estoy ocupado. Estoy solo en mi hotel.

—¿Solo? Es Nochebuena...

—No es la primera que paso solo, ni tú.

—Ya, ni la última.

—¿Dónde estás?

—Esa pregunta te la debería hacer yo a ti...

—Desde mi ventana se ve la aurora boreal.

—Oh... ¿Y es tan preciosa como siempre la imaginaste?

—Sí, increíblemente irreal y mágica. No parece de este mundo.

—Es un buen sito donde perderse. Estás muy lejos de aquí.

—Sí, sigo perdido. ¿Y tú?

—Vine a cenar con mi padre, pero tenía cosas que hacer... Miraba la nieve desde mi ventana.

—Yo tengo mucha nieve a mi alrededor. ¿Te acuerdas de cómo te llamaba?

Me río.

—¿Quién olvidaría la forma tan estúpidamente tonta con la que me llamabas estando solos?

—Copi.

—De copito de nieve. De verdad, Cam, otra vez que tengas novia, búscate otro mote mejor.

—Por tus palabras deduzco que ya sabes que lo he dejado con Carla.

—Sí, nos contó Colin que le mandaste varios correos y una carta a su dirección postal. No puedo decir que no me alegre. Ella no te hacía feliz y te mereces a alguien que te saque una sonrisa..., no alguien que solo te pida la tarjeta de crédito.

—Ahora no pienso en el amor. Solo pienso en mí.

—Haces bien.

Abro la puerta de mi balcón y salgo a la fría noche.

—¿Acabas de salir a la calle?

—¿Has olvidado lo mucho que me gusta la nieve?

—No. —Escucho una puerta abrirse—. Hace mucho frío.

—No haber salido —digo tiritando, y cojo un copo de nieve con mi mano. Se derrite.

Mi mente recuerda por qué Cam me llamaba *Copi*...

Estábamos en este mismo lugar y nevaba. Salí a dejar que la nieve cayera sobre mí, feliz. Era de noche y Cam me siguió; me miraba mientras daba vueltas feliz por este fenómeno natural.

De repente, giré y lo tenía tras de mí. Observaba mis mejillas, mis labios cuando un copo murió en ellos.

—Tu nombre nunca ha estado más acorde, Copito.

—¿Copito? Qué ridículo... —Me reí y otro copo se posó en mis labios.

Esta vez se fundió entre nuestras bocas cuando Cam me besó.

—Copi es ridículamente mío.

En ese momento podía prometerle la luna. Solo deseaba que me besara de nuevo. Sus besos eran cada vez mejores y estar a su lado era un sueño que temía que se acabara.

—Ridículamente tuyo —dije digo volviendo a la realidad.

—Lo recuerdas.

—Sí, las cosas estúpidas de mi vida las tengo muy presentes.

—¿Me llamas estúpido? —Noto la risa en su voz.

—A tu mote.

—Te encantaba.

—Porque era tuyo, pero si otro me llama Copi, se las verá conmigo. —Nos quedamos en silencio—. ¿Cómo va la búsqueda de ti mismo?

—Aún muy perdido.

—¿Por qué?

—Creo que Colin tenía razón... Quiero vivir de golpe todo aquello de lo que me he privado y no he aceptado que el tiempo perdido no regresa jamás.

—No sabía que te había dicho eso.

—Sí, discutimos antes de irme. Me dijo que había ido de bueno, pero en verdad era un reprimido.

—Colin te quiere mucho...

—Y yo a él, pero la brecha entre los dos es cada vez más grande. Antes le hubiera echado la culpa de todo... Ahora sé que es cosa de los dos.

—Cuando regreses, todo se arreglará.

—Cuando regrese tal vez el tiempo nos haya llevado por caminos muy diferentes.

—¿Estás bien, Cam?

—No lo sé... Solo sé que no quiero regresar... No quiero volver aún.

Saber eso me duele, me deja triste. Me deja más helada que esta nevada. Entro en mi cuarto y me meto bajo la manta.

—Espero que encuentres lo que buscas.

—Yo también. Tengo que dejar de sentir este deseo de correr cada vez más rápido y llegar cada vez más lejos sin saber hacia dónde voy o de qué escapo.

—Sabes que me tienes para lo que necesites.

—Y tu a mí. Por cierto, mañana, cuando vayas a mi casa, mira bajo el árbol. Hay un regalo para ti.

—¿Y no me vas a decir qué es?

—No, solo te digo que es una promesa.

—Me prometiste muchas cosas...

—Una que puedo cumplir —indica serio—. Te dejo... Feliz Navidad.

—Feliz Navidad, Cam.

No dice nada... Solo cuelga y me quedo quieta mirando triste el móvil por la llamada a Cam, porque me ha costado poco decir adiós a alguien a quien deseaba no colgar jamás.

Está claro que Cam me quiere lejos de su vida.

CAM

Llaman a mi puerta, abro y me encuentro a mi compañero de trabajo.

—Vamos, que no podemos perder más tiempo —me dice.

Asiento y dejo mi móvil antes de seguirlo. Estoy viajando por medio mundo, pero trabajando para costearme estos gastos. No quería viajar sin trabajar y tampoco quería hacerlo para mi padre.

Ahora estoy trabajando como camarero y pedí un descanso para llamar a mi familia para felicitarles las fiestas. No puedo tener el móvil en el trabajo.

No esperaba la llamada de Blanca, y mentiría si no admitiera que me planteé llamarla antes de regresar al trabajo...

En este tiempo he vivido muchas cosas, algunas que no quiero volver a experimentar, otras que quiero repetir cuanto antes. Tal vez quiero vivir rápido todo lo que me perdí por mi sentido de la responsabilidad. No lo sé... Solo sé que cuando pienso en volver, siento que me falta el aire y, si he de ser sincero, cuando pienso en hacerlo, sin querer me viene a la mente Blanca..., pero sé que lo que tuvimos tal vez tampoco fue real porque esa persona no era yo.

¿Puede alguien enamorarse de alguien que no existe? Yo creo que no.

BLANCA

Me levanto temprano y, nada más subir las persianas, observo que mi habitación está llena de regalos. Antes de leer la nota que hay sobre la mesa ya sé que hoy me faltará lo que no se puede comprar con dinero: pasar más tiempo con mi padre.

Abro la nota y leo:

Querida Blanca:
Me tengo que ir. No puedo evitarlo.
Feliz Navidad. Te quiero.

Arrugo la nota y me vuelvo a la cama. Los regalos pueden ser preciosos, pero mi padre no entiende que los mejores no se compran ni con todo el oro del mundo. Él prefiere llenar su ausencia con regalos para contentar a su conciencia, pero yo me he cansado de esperar una sola muestra de cariño para creer que no estoy tan sola cuando la verdad es que sí lo estoy.

* * *

Estoy llegando a la casa de la madre de Luke sola, porque mi padre no ha regresado.

Toco el timbre y nada más entrar en la casa me invade el espíritu navideño. Ernest corre por el pasillo, pasa por mi lado y se detiene para darme un abrazo y un beso; tras desearme feliz Navidad, sigue corriendo.

Se le ve tranquilo. Sé que no lo ha pasado bien desde que Cam tuvo el accidente. Ha tenido que ir a un psicólogo para que le trataran las pesadillas que le asaltaban por la noche y donde soñaba que su hermano se mataba. Cam no sabe nada de esto. Su madre nos pidió que no se lo contáramos.

Entro en el salón y, al lado del gran árbol, tomando lo que parece un chocolate, están Peyton y Emily.

—¡Blanca! —grita Emily—. Feliz Navidad —me dice tras darme dos besos cuando llego.

—Feliz Navidad —les deseo a las dos, pues Peyton también se levanta y me abraza con cariño para felicitarme las fiestas.

Miro el árbol curiosa por saber dónde está el regalo de Cam.

—Hay un regalo para ti —dice Emily—. Bueno, y el nuestro, pero el otro es el que me tiene intrigada. —Me señala con el dedo dónde se encuentran.

Voy hacia él y, aunque Cam no me hubiera dicho que es suyo, reconozco su letra en seguida. Siempre me encantó su caligrafía.

—Es de Cam. Ayer lo llamé por error y me dijo que me había dejado un regalo.

—¡Ábrelo! —dice Peyton.

Las miro ilusionada y abro la caja. Dentro hay una carta del Uno; la giro y veo que es la carta del comodín y que sirve para elegir la carta que quieras. Nosotros esta la usábamos para contar un secreto o algo que supiera poca gente.

Leo lo que ha escrito en ella:

Me ha costado aceptar que siempre supe que tú no me fuiste infiel. Era lo que quise creer para tener una excusa para dejar lo nuestro porque siempre pensé que se acabaría.

Lo leo varias veces impactada no porque al fin haya reconocido que no le fui infiel, sino porque reconozca que fue una excusa para dejarlo conmigo porque él pensaba que lo nuestro no tenía futuro.

—¿Una carta? —pregunta Emily, y les dejo que la lean—. Vaya... ¿Cómo estás?

—Bien, al menos sabe la verdad y yo también —respondo.

—Pues vaya regalo de Navidad —dice Peyton—. Te lo podría haber dicho a la cara.

—Es que no piensa volver pronto, por eso lo ha hecho, para seguir su camino sin que los remordimientos lo frenen —les explico.

Llegan Roy y Luke seguidos de Colin y los tres me desean felices fiestas.

Decido olvidarme de todo y disfrutar de este día festivo con mis amigos.

Al acabar la cena salgo al balcón. Escucho unos pasos y veo que Colin se me acerca.

—¿Cómo estás? —me pregunta—. Te noto triste.

—Ayer hablé con Cam. No tiene pinta de volver pronto.

—Lo sé, ha decidido vivir todo aquello de lo que él solito se ha privado estos años. Y, claro..., su felicidad no está cerca de su familia. Está perdida por el mundo. —Se nota que lo echa de menos—. Él sabrá.

—Sí.

—Me mandó tu regalo y me dijo que lo pusiera en el árbol. ¿Qué era?

—Una carta de nuestro juego favorito. En ella ha escrito que al fin ha comprendido que no le fui infiel.

—Pues vaya mierda de regalo. Esas cosas se dicen a la cara.

—Ya, pero él no piensa volver pronto, y esta carta lo deja claro.

—No reconozco a mi hermano... No sé por dónde va a salir. Siempre ha sido tan hermético, tan cuadriculado..., que ahora que vive lleno de imprevistos no sé qué esperar de él.

—Yo tampoco, pero en mi caso sé que, cuando regrese, toda esta distancia solo nos habrá separado más. En el tuyo es tu hermano y sé que encontraréis la forma de entenderos.

—No lo sé. De momento solo me queda echarlo de menos —admite al fin.

Regresamos a la casa y, aunque no paro de dar vueltas a muchas cosas, decido centrarme en la felicidad que reina en este hogar y que ha sido vetada en el mío porque mi padre es más feliz trabajando que a mi lado, y eso nunca va a cambiar. Es hora de que lo acepte y deje de buscar algo en él que solo existe en mi imaginación.

Capítulo 12

BLANCA

Hoy hay un gran revuelo en la empresa. No paro de ir de un lado a otro con archivadores y dándoselos a la secretaria de Colin. Mi trabajo consiste en ayudar a todo el mundo, y sí, he llegado a la planta de dirección, pero no dejo de ser la chica para todo. No era lo que yo esperaba de este trabajo.

Voy a la fotocopiadora y busco las páginas que desean. Las preparo y se las tiendo a Ane, la secretaria de Colin.

—Gracias. Ahora necesito esto, y para ayer.

Es idiota y no la soporto; todo me lo dice con una preciosa sonrisa que parece que diga: «jódete, bonita».

Cojo el papel y le sonrío ampliamente antes de seguir haciendo sus tareas.

Me cuesta mucho no mandar este trabajo a la mierda, pero no lo hago porque, tras lo vivido en Navidad, le dije a mi padre que desde ese momento quería vivir mi vida por mi cuenta sin que su dinero me ayudara.

Quería valerme por mí misma. Aceptó, pero me hizo prometer que si lo necesitaba, recurriría a él.

No pienso hacerlo. Si es su dinero lo único que puedo tener de él, no lo quiero. Por eso prefiero seguir en este trabajo aunque me destroce emocionalmente cada día por no ser más que la chica de los recados.

—Gracias —me dice cuando le doy lo último que me ha pedido—. Ahora hay una reunión. Necesitan cafés.

—Claro, cómo no. —Sonrío y voy hacia la sala de descanso, donde está todo listo para preparar cafés.

Salgo con el carrito de los cafés y la leche caliente. Voy hacia la sala de reuniones y entro tras llamar a la puerta, que abre Ane.

—Vamos, rápido —me ordena.

No digo nada y vamos hacia la zona donde servimos los cafés. Lo dejo todo preparado y me giro para poner los cafés. Es entonces cuando mi mirada se cruza con una verde que conozco muy bien como si sintiera su presencia antes de que lo asimilara mi mente.

Cam ha vuelto.

Me mira desde el otro lado del cristal. Parece cambiado, más rudo... Lleva el pelo rubio desordenado sobre la frente y sus ojos verdes parecen más intensos que nunca bajo sus oscuras pestañas. Como la última vez que lo vi, lleva una barba de varios días que realza su belleza.

Está impresionante y moreno, como si hubiera trabajado al sol en pleno invierno. Aunque, al no saber dónde ha estado, bien ha podido ir a zonas cálidas mientras aquí dejábamos atrás el frío.

Ahora estamos a primeros de junio y ya se va notando como el buen tiempo se cuela por las ventanas.

Noto un sinfín de cosas, entre ellas un millar de

mariposas en la tripa que no quiero que estén ahí. Lo he echado mucho de menos, anhelaba este momento y, ahora que lo tengo delante, no sé cómo lidiar con lo que siento ante su presencia.

Se acerca hacia mí acelerando mi respiración y, tras guiñarme un ojo, coge los cafés que llevo en la mano y se los sirve a los hombres de traje que están reunidos con Colin y su padre.

—Podemos hacerlo nosotras —señala Ane azorada.

—Yo tengo dos manos y puedo ayudar —responde Cam.

Ane se pone roja y asiente.

Servimos todos los cafés y no puedo evitar seguir a Cam con la mirada, al mismo tiempo que pienso que ha podido regresar o no, porque tal vez solo esté de paso. Va vestido con ropa informal: un vaquero y, sobre este, una camisa blanca arremangada. Nunca lo he visto así, salvo cuando estábamos solos y le daban igual las formas.

—Vamos, hay mucho trabajo —me apremia Ane para que saque el carro de los cafés.

Me manda más cosas y me toca salir a comprar fuera de la empresa. Odio cuando eso pasa y me toca irme de mi puesto de trabajo para enviar cartas, certificados o cualquier otra cosa.

Al regresar, es ya la hora de comer, y Ane me manda que cuando traigan la comida, la prepare para servirla. Asiento y espero a que llegue. No tardan en traerla. Siempre la traen del mismo restaurante.

Lo preparo todo en platos elegantes y no donde venía, y voy con el carro hacia la sala de reuniones.

Entro y busco a Cam. No lo encuentro. Quien sí está es Ane, que me ayuda a servirlo todo. Sobra un plato y me dice que lo lleve al despacho de Cam, que ha decidido comer solo y que luego puedo tener un descanso de media hora para regresar a recogerlo todo.

Mi corazón da un vuelco.

No se ha ido... Por un momento pensé que su ausencia quería decir que se había marchado otra vez, que solo estaba de paso, y tal vez así sea, pero sigue cerca un poco más.

Voy hacia su despacho con la bandeja de comida sin saber qué decirle o cómo será nuestro encuentro. No sé si estoy preparada para un frío «hola» después de todo.

No quiero volver a donde solo éramos un par de extraños.

Llamo a la puerta y me invita a pasar.

Abro y lo veo mirando la ciudad a través de la ventana. Al verme, se acerca y me ayuda con la bandeja. No me toca las manos por poco; aun así, he sentido su lejana caricia como si hubiera acariciado mi piel.

Esto no está bien...

—¿Quieres algo más?

Cam me mira con sus sagaces e intensos ojos verdes.

—¿Has comido?

—No, tengo que ir a buscar algo para comer antes de que se pase mi descanso.

—¿De cuánto tiempo es?

—En días de reuniones, media hora.

—No sabía que eras la chica de los recados...

—Era el único puesto libre, pero he llegado a ser la recadera de dirección y pagan bien.

—He visto tu currículum. Mereces un puesto mejor.

—Hay cientos como yo en tu empresa, Cam. Gente muy preparada con puestos que no explotan su valía, y muchos han ocultado información en su currículum para poder ser contratados, porque de decir todo lo que saben, los descartarían por estar sobrecualificados. Solo soy una más.

—Lo sé, pero a ti te conozco. A ellos, no. ¿Compartes mi comida? No tengo hambre.

—¿Por qué? —digo mirándolo.

—Acabo de volver y no estaba preparado para todo esto aún.

—¿Y vas a quedarte? —Asiente, pero no parece feliz—. No parece que te haga ilusión.

—He cambiado. Ya no me llena esto como debería, pero tampoco he encontrado otra cosa mejor.

—Y has decidido volver.

—Más bien dejar de huir o de buscar la felicidad cuando esta te acaba por encontrar estés donde estés. Solo hay que saber reconocerla.

—En eso tienes razón. —Miro el reloj—. Me como la mitad, porque me quedan veinte minutos y tiene muy buena pinta.

Sonríe.

Nos sentamos en el sofá de su despacho, al lado de la mesa de centro donde ponemos la comida.

No puedo evitar comer sin esperar a que lo haga primero. Estoy muerta de hambre. Lo hago hasta que me doy cuenta de que Cam solo me observa.

—¿Por qué me miras?

—Eres graciosa comiendo.

—Que te den, Cam. —Sonríe—. Voy a cerrar los ojos para que no me moleste tu escrutinio.

—Vale, dejaré de mirarte.

Sigo comiendo hasta que termino mi mitad.

—No has comido nada.

—No puedo. Luego tal vez me entre algo.

—¿Puedo hacer algo por ti?

—¿Ser mi amiga? —Su forma de pedírmelo hace que mi corazón dé un vuelco—. Después de todo por lo que hemos pasado, es lo que nos merecemos ser.

—¿Y dejarás de ser mi amigo con una excusa porque tu mente creerá que no estamos hechos para ser amigos?

Sonríe con tristeza a sabiendas de por qué lo digo.

—Tenemos mucho de lo que hablar, pero no aquí... Podemos hacerlo luego.

—Vale, y ahora me tengo que ir, amigo. —Le saco la lengua—. Ya ves, me caes bien y todo.

Sonríe y asiente.

Me despido de él y salgo de su despacho con una sonrisa y sin poder dejar de pensar una y otra vez en que Cam ha regresado.

Es imposible no reconocer lo feliz que me hace esta noticia.

CAM

Dicen que hay que buscar la felicidad o que llega cuando menos lo esperas. Yo solo sé que en este viaje he descubierto muchas cosas de mí, y una de ellas es que la noche del accidente una parte de mí murió, y no sé cómo ser quien era para ser feliz con poco.

He vuelto a casa porque tuve que aceptar que la felicidad no se persigue, sino que ella te encuentra. Da igual donde estés. Tu camino llega en el momento indicado, y porque des mil vueltas, no llegará antes.

Hablé con mis padres el otro día, y de fondo, sin

querer, escuché a Colin decirle a mi padre, antes de que supiera que hablaba por teléfono, que estaba buscando inversores nuevos ante la fuga de algunos de ellos.

Le pregunté a mi padre y me dijo que todo estaba controlado, pero no le creí.

Tal vez este no sea el trabajo que me llena, pero tampoco sé qué me gustaría hacer. No tengo una vocación clara o que me haga querer perseguir un sueño. Como Blanca bien ha dicho, no soy el único que trabajaba para sobrevivir, que vive para trabajar... Cosa que hacía antes porque era más fácil dejarse llevar que decir basta. Ahora lo sé.

Regreso a la sala de reuniones y veo a Blanca atender a Ane. Antes era mi secretaria y siempre ha deseado tener a alguien a quien mandar. Nunca me cayó muy bien, pero era muy buena en su trabajo y a mí no me importaba nada más.

La reunión se alarga y pedimos a Ane y a Blanca que se vayan porque ya ha acabado su jornada de trabajo.

Blanca me mira un segundo antes de irse y me sonríe a modo de despedida. Al poco me llega un mensaje suyo al móvil:

Blanca: Ya sabes dónde encontrarme.

Lo guardo sin responderle, pero sabiendo que iré a buscarla nada más acabe esta reunión, que no tiene muy buena pinta. No parece que vayan a invertir en nuestra empresa a nivel internacional fácilmente.

He tomado nota mental de todo y, cuando la reunión termina, le pido a mi padre que me pase un informe de todocompleto.

—No —dice Colin—. Tú te fuiste y nosotros nos hemos encargado de todo. Ahora has vuelto, pero seguimos sin necesitarte.

—Colin...

—No, papá. Yo he dicho que saldremos de esta y lo haremos.

Colin se marcha y miro a mi padre, que parece triste.

—No me voy a ir —digo, y esto parece que le tranquiliza—. Pero Colin se ha olvidado pronto que él solo lleva unos meses haciendo un trabajo en el que yo llevo años.

—Te ha echado de menos. Daos tiempo. Ya no sois esos niños y hace mucho que no os detenéis a hablar para descubrir cómo sois ahora. —Asiento y me despido de mi padre.

Bajo a por mi coche, donde aún tengo la maleta y mis cosas. No tengo claro que quiera instalarme en casa de mis padres. Llevo mucho tiempo viviendo lejos de esa casa, y la idea de volver a ella me asfixia un poco. Me encanta estar con mi familia, pero me gusta más vivir a mi aire.

Aparco en la casa de Blanca y salgo del coche. Toco el timbre y me abre Luke.

—Vaya, al fin has vuelto. —Me da un abrazo antes de dejarme pasar—. ¿Cómo estás?

—Físicamente, bien.

—¿Y psicológicamente?

—Un poco liado.

—Te entiendo, para mí tampoco fue fácil cambiar. Ya sabes cómo era en el pasado. —Asiento—. ¿Has venido a vernos o a por algo en concreto?

—A ver si estaba Blanca en casa.

—No tardará en volver. Ha ido con las chicas a comprar para la cena mientras yo hacía la masa de la pizza. ¿Te quedas a cenar?

—Vale.

Luke asiente y va hacia la cocina. Lo sigo tras quitarme la chaqueta y dejarla en el perchero. Me siento en la isla de la cocina y lo veo trabajar.

—No es fácil romper con todo y encontrarte entre todos esos pedazos —me comenta sin mirarme.

—He vivido muchos años reprimido y ahora no sé seguir siendo como era.

—La respuesta no la encontrarás mientras huyes... Y ahora, lávate las manos y ayúdame con esto.

Se nota que no necesita ayuda, pero hago lo que me dice.

Regreso a la cocina y me dice cómo tengo que amasar el trozo de masa que me da y cómo le debo dar forma.

—¿Qué es lo que peor llevas? —me pregunta.

—Supongo que darme cuenta de que llevo toda la vida huyendo de las personas.

—Yo siempre te vi serio, pero no un mal tipo, aunque sí es cierto que no nos dejabas acercarnos a ti. Nos mirabas como si lo supieras todo y nosotros fuéramos unos putos niñatos.

—Gracias por tu sinceridad.

—Es gratis.

Sonrío.

—Me creía más listo, sí —admito—. Y ahora sé que no tenía razón en nada.

—Bienvenido a la tierra. Yo me creía el puto amo del mundo y me llevé un castañazo en la caída.

—Te entiendo. —Sigo amasando y la verdad es que esperaba que me saliera peor.

Las terminamos y las dejamos para que reposen mientras esperamos a que lleguen con los ingredientes.

Roy nos saluda nada más entrar en la casa y sube corriendo a su cuarto.

—Esta noche trabaja —me informa Luke—. Tiene un grupo nuevo y está algo nervioso por cómo saldrá todo.

Asiento y al poco Roy baja de su habitación con su guitarra y se acerca a mí para darme un abrazo.

—Me alegra tenerte de vuelta, y ahora me marcho, a ver si hacemos una fiesta de bienvenida.

Asiento y lo veo irse.

—Si Ronnie lo escucha, mañana mismo nos la lía en casa —comenta Luke.

—¿Vive aquí?

—No, se fue cerca, a un piso con su novia, pero las fiestas las sigue organizando aquí. Ahora solo vivimos los cinco.

—¿Y los dormitorios vacíos no los alquiláis? —Conforme lo pregunto, se hila una idea en la cabeza que no me parece tan mala.

—No nos apetece meter a un extraño para vivir en nuestra casa.

—¿Y a mí? Busco casa. Lo de volver con mis padres, después de tanto tiempo viviendo solo, lo he descartado.

—¿Te gustaría vivir en esta casa de locos? —Asiento—. Por mí, bien, y supongo que Roy no se quejará... Preguntamos a las chicas cuando vengan y, si aceptan, puedes elegir habitación. La de Cora ahora es un estudio, pero la de Emily está vacía porque ahora duerme con Roy, y la de Ronnie también está libre.

La puerta se abre y aparecen Peyton y Emily cargando bolsas.

Me acerco hacia ellas para ayudarlas.

Me saludan y, mientras lo hacen, veo a Blanca entrar y mirarme asombrada.

—Te has tomado en serio eso de buscarme... —me dice al tiempo que vamos a la cocina para dejarlo todo.

Asiento y Luke no se demora en preguntarles qué piensan de que me quede en la casa.

—Por mí, bien —dice Peyton, y a Emily también le parece bien.

Blanca me mira seria.

—¿Y no estarías más a gusto en una casa para ti solo? —me pregunta.

—No me apetece estar solo, pero tampoco me apetece estar en casa de mis padres y dar miles de explicaciones de cuándo entro y salgo de ella.

—Te entiendo. Por mí no hay problema —acepta Blanca.

Asiento y les digo que voy a buscar mis cosas.

Blanca me acompaña al coche.

—¿Me vas a ayudar? —Abro el maletero.

—¿Tenías pensado quedarte?

—No, lo que tenía claro era que no quería instalarme en casa de mis padres y, cuando llegué, no saqué las cosas del coche.

—Te vas a cansar de verme a todas horas.

—Solo vamos a vivir bajo el mismo techo, no a estar pegados el uno al otro —le digo con una medio sonrisa.

—Eso es cierto.

Sacamos las cosas de mi coche y las subimos a los cuartos de la planta de arriba. Me enseñan los libres y me dicen de quién es cada uno. Al final me decanto por el que antes fue de Emily, que me parece el más cálido y acogedor.

Guardo mis cosas a solas mientras Luke termina la cena.

Nunca me imaginé viviendo en una casa con más personas que no fueran mi familia. Siempre he sido muy celoso de mi intimidad y he preferido vivir solo. Ahora, tras el accidente, no pienso así.

Bajo a cenar justo cuando Blanca iba a llamar a mi puerta para avisarme. Sonríe al verse con la mano en alto.

Nos dirigimos hacia la cocina.

—Te va a encantar la pizza, Luke es un cocinero experto, pero si vives aquí, te toca aprender a cocinar, porque las tareas son compartidas.

—Sé cocinar —le informo bajando las escaleras.

—Ahh..., cuando estuvimos juntos, no sabías.

—De eso ha pasado mucho tiempo. He vivido solo y estos meses fuera he aprendido algunas cosillas más.

—No vas a dejar de sorprenderme...

—En muchas cosas soy otra persona. Una que tal vez no soportes.

—Quién sabe... Yo también he cambiado.

—Lo descubriré. —Blanca asiente y nos sentamos en la mesa del salón para cenar—. Tiene muy buena pinta.

—Ahora espero que te guste la cena —me dice Luke.

—Seguro que sí —afirmo antes de servirme.

—Se me hace raro verte aquí —se sincera Emily sorprendiéndome.

—¿Por? —pregunto divertido.

—Porque siempre te he visto como alguien frío, y ahora, al mirarte, me cuesta recordar cómo eras antes.

—Emily es muy sincera cuando coge confianza —me informa Blanca divertida.

—Me gusta, y sí, era un poco frío porque creía que no necesitaba nada más que mi inteligencia y mis convicciones. Estaba equivocado. Solo me protegía para no sufrir más.

—Lo de tu madre tuvo que ser duro... —dice Peyton.

—Sí, pero encontré a la que iba a ser mi madre de corazón. —Miro a Luke y le guiño un ojo.

—Es que mi madre se hace querer. —Asiento a las palabras de Luke.

Seguimos cenando. La pizza está muy rica y estoy más relajado de lo que esperaba.

—¿Y por dónde has viajado? —me pregunta Peyton.

—Por medio mundo, pero la felicidad no se busca, ella te encuentra cuando menos te lo esperas.

—Y no la has encontrado —dice Emily—, porque tienes la mirada triste y eso...

—Tienes razón. Ya llegará. Al menos ahora sé que no quiero seguir huyendo.

—Un gran avance —apunta Luke.

—Que no es poco —añade Blanca, y me sonríe cómplice.

Seguimos cenando y recogemos. Tras ello, les digo que me marcho a mi cuarto.

—Mañana actualizaré las tareas de la casa —dice Luke señalando la nevera, donde hay una lista.

Asiento y me marcho a mi habitación. Rebusco en mi maleta ropa cómoda y me voy al aseo que compartiré con Blanca, ya que su cuarto está frente al mío. Los de los demás están al otro lado del pasillo.

Cierro la puerta del mueble del aseo, donde hay cosas de Blanca, entre ellas su perfume, que es diferente al que usaba cuando estábamos juntos, y me doy una ducha antes de regresar a mi dormitorio. Al entrar, veo a Blanca terminando de hacer mi cama.

—Podría haberla hecho yo.

—No me ha costado nada.

Cierro la puerta y voy hacia mi maleta, donde tengo un regalo para ella.

—Ten. Esto por una promesa que nunca cumplí.

—¿Otra carta? —Sonrío y niego con la cabeza—. Me hubiera gustado que lo de la carta me lo dijeras a la cara.

—No esperaba regresar tan pronto y necesitaba decírtelo, por si lo que te hice no te dejaba ser feliz —reconozco—. Me porté muy mal contigo. Siempre supe que no me habías engañado, pero era más fácil eso que aceptar que me aterraba perderte. Estar contigo era como estar todo el tiempo bajo el mar, preso de la corriente y con la sensación de quedarme sin aire.

—¿Tan infeliz eras?

—Era feliz, pero eso me asustaba —confieso, y le tiendo el regalo—. No lo entendí entonces.

—Te perdí también como amigo...

—Y yo perdí a mi único amigo.

—Empezaste con Carla.

—Creía que era perfecta y por ella nunca sentí nada.

—Al menos ahora hablamos claro.

—Sí, y somos amigos.

—¿Eso no te corta la respiración? —me pica.

—No, puedo soportarte como amiga, pero tal vez tú no. He cambiado mucho. No sé ni cómo soy.

—Lo descubriremos. —Abre el regalo al fin y entonces me mira—. Es un copito de nieve con el verde de tus ojos.

—O con el tuyo.

—Es precioso..., pero no sabía que lo recordaras.

—Te prometí que un día atraparía un copo de nieve que te hiciera feliz.

—Y yo te dije que no me gustaban los destellos azules, que me gustaban más los verdes, como los de tus ojos. ¡Qué tonta era!

—Un poco cursi, sí... —Me tira un cojín.

—¿Por qué cumplir la promesa ahora?

—Porque este collar lo he pagado con el dinero que he ganado por mí mismo sin que el apellido de mi padre me abra puertas. Y porque quiero que sirva como inicio de una nueva relación, como una ofrenda de paz.

Lo abre y me lo tiende.

—¿Me lo pones?

Asiento y voy hacia ella. Se levanta el pelo y puedo ver su cuello blanco y perfecto. Tiene un lunar cerca de la oreja que me encantaba besar, y, mientras le coloco el collar, recuerdo las sonrisas que le robaba cuando la besaba en esa zona.

En estos meses me he dado cuenta de que el amor puede morir, pero el deseo es capaz de renacer con el mismo fuego con el que ardió hace años.

Al acabar, no puedo evitar acariciarla. Lo hago con timidez y con miedo a no poder dejar de desear más.

—Gracias —dice cuando me separo—. Es muy bonito.

—De nada.

Quiero que se quede más rato, pero no encuentro las palabras o la excusa para alargar este encuentro.

—Estarás cansado...

—Quédate... —suelto de golpe. Por su mirada no sé quién se sorprende más de lo dos—. Solo si quieres.

—Quiero. Me apetece saber qué ha sido de tu vida.

—¿Desde que lo dejamos o desde que me fui de la carrera?

—Desde que lo dejamos. Tenemos toda la noche... Es viernes y mañana no trabajamos. Al menos yo no.

—Yo tampoco. Los días libres son para no hacer nada.

—Qué raro viniendo de ti. —Se tira en la gran cama y se acomoda—. ¿Vienes o qué?

—Voy.

Me acerco a ella sintiendo que el pasado y el presente se dan la mano, como si el tiempo que ha pasado desde la última vez que estuvimos así no hubiera tenido lugar, pero sí lo ha tenido y lo vivido nos llevará cada vez más cerca o nos separará para siempre.

Capítulo 13

BLANCA

Cam se sienta a mi lado en la cama, sube los pies y se pone cómodo. Me cuesta recordarle a mi corazón que no es mi Cam, que no estamos en ese tiempo atrás donde mirarlo era para mí lo mejor de mi vida y su sonrisa calentaba cada uno de mis sentidos. Donde estar a su lado era como experimentar la calma tras la tormenta.

Nos miramos a los ojos, y nos damos cuenta de que ya no somos esos adolescentes. Hemos crecido. Pero, por alguna extraña razón, hemos vuelto a encontrarnos por el camino.

—¿Qué ha sido de tu vida?

Piensa sus palabras, sabe que lo quiero saber todo ahora que ha decidido dejar de lado sus escudos y exponerse al mundo.

—Me quedé muy mal tras nuestra ruptura, y no quería pasar por eso nunca más. No quería amar a nadie más hasta ese punto que, cuando lo pierdes, es como si te arrancaran la piel a tiras y el aire no entrara en tu cuerpo. Por eso empecé con Carla. Sabía que nunca podría amarla y tal vez con ella conseguiría olvidarte.

Lo miro a los ojos y puedo ver parte del tormento que pasó.

—Te entiendo. Yo me lie con unos y con otros para olvidarte y... —Me quedo callada, porque hay una parte de mi pasado de la que me avergüenzo tanto que no quiero hablar de ella—. Tampoco quiero amar a nadie como a ti. Cuando lo dejamos, no acabé bien.

Me mira como si pudiera leer todos los secretos que he callado durante tantos años y le hago una señal para que siga.

—Me convertí en el novio perfecto, en el hijo perfecto, en el empresario perfecto... Me centré tanto en ser el mejor en todo que me olvidé de mí. Dejar de trabajar era impensable; tener descansos, también. Solo descansaba para eventos de empresa o para quedar con Carla un rato. Que ella no quisiera más de mí me daba libertad. Por eso, cuando me dijiste que me era infiel, no quise creerte, porque eso destrozaría mi mundo perfecto.

—Pero sabes que no te mentí.

—Lo sé. Carla ha sido mi gran error.

—Al menos te has dado cuenta.

—Sí, lo sabía, y por eso nunca puse fecha a la boda por mucho que ella insistiera.

—¿Y seguía con su cuento de virgen hasta el matrimonio?

—Sí, y a mí me venía bien, porque así no tenía que acostarme con ella.

—Yo, tras dejarlo... Ya te expliqué lo que hice.

—¿Te liaste con Noel?

—¿Con Noel?

—No, nunca me ha atraído ni me atrae. Es un amigo. Ha vuelto.

—¿Sí?

—Sí, y como siempre, muy amigos, de tan iguales que somos, no nos atraemos. —Sonríe—. Trabaja en tu empresa de recadero en la primera planta.

—¡Qué bien!

No sé si le hace gracia o no.

—¿Y antes del accidente? ¿Vivías lejos?

—Sí, pero era lo mismo. Solo trabajaba. No descansaba ni los fines de semana. El día antes del accidente lo pasé trabajando. Nada fuera de lo normal, y luego, la nada. Solo he recordado en algún sueño la angustia de no poder frenar, pero en los informes queda claro que los frenos iban bien... No sé qué creer ya.

—Lo recordarás cuando sea el momento.

—O tal vez nunca... No sé qué prefiero.

—¿De verdad?

—Sí, lo sé. Quiero recordarlo, pero si me agobio pensando en eso, será peor.

—Cierto. ¿Y qué pasó tras la carrera?

—Que me encantó correr... La emoción, la locura... Me di cuenta de que llevaba muchos años reprimido. Ya sentía eso tras estar en el hospital, tras salir y ver que no tenía ni un solo amigo de verdad. De repente me arrepentí de todas mis decisiones, de todo lo que no había hecho, y más porque casi me había matado... Mi vida habría sido tan plana... Solo cuando estuve contigo fue diferente, y no tengo claro si a tu lado era yo o fingía... Tal vez nunca me amaste a mí.

—Yo sí te veía como eras. Como eres ahora...

Me mira y no dice nada.

—Quería irme, como el que persigue un sueño... Yo quería perseguir mi vida, hacer todo lo que nunca hice.

—¿Fiestas, chicas y desmadre?

—Fiestas, trabajos sin la ayuda de mi padre y algún que otro desmadre de comida. —Sonríe—. Chicas, no. No me sentía atraído sexualmente por ninguna.

—Entonces ¿llevas desde que nos acostamos la última vez sin hacerlo con nadie?

—Puede ser.

Lo miro a los ojos y veo la verdad en ellos.

—¿Y no tienes ganas?

—¿Que si tengo ganas de tener sexo? —Asiento—. Sí, pero no con cualquiera.

—Ahh... Te entiendo. Después de haberlo tenido con cualquiera, te reconozco que me arrepiento mucho. Pero desde que lo dejé con Adrian, no ha habido nadie.

—¿Te enamoraste de él?

—Creía que sí... Necesitaba creer que estaba enamorada..., pero cuando me dejó, no me dolió. No como contigo.

Se hace el silencio entre los dos. La intensidad de su mirada acelera mi piel. No puedo dejar de mirarlo. Me cuesta mucho no caer en la tentación de morderme los labios imaginando que son los suyos los que saboreo...

—Creo que es mejor que me vaya a la cama.

—¿Me sigues deseando? —Su pregunta tan directa me pilla por sorpresa—. Te dije que había cambiado. Ahora me cuesta callarme lo que pienso.

—Ya veo... ¿Y tú? Como fuiste tú el que lo dejaste, te concedo el privilegio de responder.

Cam no dice nada. Solo me observa.

—Sigo recordando lo que era estar en tu cama perdido en ti. —Me recorre un escalofrío que casi me hace gemir por imaginarlo así—. Si quieres, llámalo deseo o recuerdos que no consigo sacarme de la cabeza.

—Mejor lo llamamos recuerdos. Todo acabó hace años y por suerte hemos recuperado la amistad.

—No respondes —dice con una sonrisa de medio lado.

—La próxima vez que juguemos al Uno, me repartes dos cartas más por no querer responder.

—Nunca te consideré una cobarde —comenta cuando estoy llegando a la puerta.

Me giro y lo miro. Mi Cam hubiera dejado que me fuera, hubiera aceptado mi decisión, pero ese no era mi Cam.

Voy hacia él y me coloco muy cerca... Mi respiración se acelera por la cercanía y me cuesta tragar.

No sé quién es ahora, sé lo que dolió perderlo y no debería sentir esto. No debería notar cómo la sangre se me calienta con solo un roce de su mirada. No debería desearlo, pero lo hago.

—No quiero desearte. No quiero nada que no sea tu amistad. ¿Responde eso a tu pregunta?

Alza la mano y la pone en la vena de mi cuello donde se notan los latidos de mi corazón acelerado.

—Eso no. Esto sí —dice acariciándome—. Yo tampoco quiero nada más. Otra cosa es lo que acabe pasando.

—Cam, ¿por qué estamos teniendo esta conversación?

—No lo sé —se sincera—. Tal vez porque ahora, aparte de un poco idiota, sea masoquista.

—Es mejor que me vaya a mi cama y sola. —Sonríe de medio lado.

—Buenas noches —dice tras asentir con la cabeza.

—Buenas noches a ti también —respondo.

Me marcho con la sensación de que me he perdido algo.

Antes, cuando Cam y yo éramos amigos, podía ver con claridad cómo era o cómo yo creía que era. Ahora me cuesta saber por dónde va a salir.

Su pregunta aún sigue resonando en mi cabeza y mi piel sigue ardiendo al recordar lo que sentía con sus caricias.

Es difícil olvidar al único chico con el que he disfrutado en la cama y donde el sexo era deseado de verdad, no una forma de olvidar por todos los medios tiempos mejores.

CAM

Escucho la puerta de Blanca cerrarse mientras me pregunto qué narices hago. La pregunta ha salido sola, antes de que yo decidiera analizar si quería o no saber su respuesta, si estaba preparado tanto para el sí como para el no. Ahora me cuesta recordar que lo que se me pasa por la cabeza no siempre debe salir por mi boca.

He vivido tantos años reprimido por mí mismo que, una vez abierta la caja de Pandora, me cuesta mucho cerrarla, y tampoco sé si quiero.

Me debato entre lo que debería querer, lo que deseo y lo que quiero.

Blanca no ha respondido claramente, ha esquivado la pregunta, pero he visto en sus ojos el mismo deseo que seguro que reflejaban los míos. Esa parte de nosotros sigue viva, sigue latiendo a fuego lento bajo nuestra piel.

Ahora toca esperar a ver qué sucederá, si dejaremos que se extinga o la consumiremos nosotros mismos con nuestro propio fuego.

El Cam de antes hubiera huido, pero el que soy ahora se quiere tirar de cabeza y sin pensar.

Capítulo 14

CAM

Me levanto tarde porque me ha costado mucho dormir. Era muy consciente de que Blanca estaba dormida a solo unos metros y, cada vez que cerraba los ojos, mis sueños me llevaban a cuando estábamos juntos, haciendo que el despertar fuera una pesadilla por tantos sentimientos encontrados.

Bajo al salón y veo a Roy en la cocina.

—Buenos días, dormilón. Ya no soy el único al que se le pegan las sábanas, aunque esto no lo esperaba de ti —me pica—. ¿Qué tal estás?

—Muy bien. Si no fuera por las cicatrices, nadie sabría que casi me maté.

—Las peores son las que no se ven.

—Sí, eso es cierto.

—Me alegra que vivas aquí, y acabo de cambiar la planificación de tareas de la casa. —Me señala la nevera—. Te toca cocinar y esta noche Ronnie ha organizado una fiesta en tu honor.

—No hacía falta.

—Seamos sinceros, lo ha hecho por él, para tener una excusa para liarla en nuestra casa. De hecho, es tan bueno organizando fiestas que lo he contratado en mi local para que sea la persona que lleve los eventos.

—De algo ha servido su talento por el descontrol. —Se ríe y miro la lista de tareas—. Me toca cocinar hoy. —Asiente—. Cocinaré algo y luego tengo que irme a comer a casa de mis padres.

—Si quieres, le puedes cambiar a alguien tu tarea; a mí no, que me marcho ya a trabajar, y en la casa solo está Blanca, que está en su dormitorio leyendo. Emily y Peyton se han ido con la madre de Peyton para un día de chicas, y Luke está trabajando. La comida es para Blanca, Luke y yo. A ver si aciertas con las medidas. Siempre nos pasamos. —Sonríe—. Me voy. Lo dicho, me alegra tenerte de vuelta.

Asiento y me doy cuenta de que parece sincero. Con Roy siempre me sentí más cercano, hasta parecíamos amigos hace años, hasta que me cerré en banda y los alejé a todos de mí. Ahora, al ver su amabilidad, sé que en parte fue por mi culpa.

La puerta se cierra y busco por la cocina qué puedo hacer de comer. Al final me decanto por unas lentejas. Algo que odiaba de niño, pero que es una de las primeras cosas que aprendí a preparar estando solo, ya cansado de comer comida basura.

Empiezo a prepararlas. Estoy mirando el móvil cuando escucho pasos detrás de mí. Me giro y veo a Blanca venir hacia mí con ropa cómoda, sin maquillaje y con el pelo sin arreglar.

Está preciosa. No puedo negar lo evidente.

—Buenas. ¿Te ayudo?

—Como quieras. —Dejo el móvil y le digo qué puede hacer—. Yo me voy a ir a mi casa. Mi madre no ha dejado que me escape de la comida.

—Espero que te salgan buenas y no nos dejes una comida horrible porque tú no vas a comerla.

—No lo haría... o sí —bromeo con ella, y me saca la lengua.

—Queda poco para tu cumpleaños. ¿Has pensado en hacer algo especial? Recuerdo que no te gustaba celebrarlo.

—No es que no me gustara, es que desde niño no sabía a quién invitar a mi fiesta. Al final le cogí manía.

—¿Por qué no tenías amigos en el colegio?

—Estaba más pendiente de que Colin no se metiera en líos que de vivir mi vida.

—Os vi ayer juntos. Se os ve distanciados. ¿Sigue todo como en el hospital?

—Sí, él ha sentado la cabeza y yo la estoy perdiendo, por lo que parece. —Doy vueltas a la comida.

—No pienses así, Cam. Nunca es tarde para romper cadenas que nos autoimponemos. A mí me gusta todo lo que estoy descubriendo de este nuevo Cam.

Nos miramos a los ojos y voy a decir algo, seguramente una estupidez, justo cuando la puerta de la casa se abre y aparece Ronnie con bolsas de bebida.

—¡Hola, tío! No veas qué pedazo de fiesta te estoy organizando. —Se acerca y me da un abrazo—. Me alegra que estés bien.

—Gracias.

—¿Crees que el agua de la piscina estará buena? —pregunta a Blanca abriendo la puerta de la cocina que comunica con el jardín trasero.

—Seguro que está como el hielo, como siempre por

estas fechas —responde ella—. Estamos a primeros de junio. Aún no ha llegado el calor del todo.

—Voy a probarla.

Ronnie sale a la piscina. Lo seguimos y vemos como se quita los zapatos y mete los pies.

—¡Joder! ¡Esto está como el hielo! —dice buscando algo con lo que secarse—. Tengo que aumentar la dosis de alcohol. Solo así la gente se bañará.

—¿Y por qué quieres que se bañen? —pregunta Blanca.

—Porque les he dicho que era una fiesta acuática. Si no hay agua, será una mierda de fiesta. Por si acaso, iré pensando algo. —Se calza a medio secar y entra en la casa—. Me marcho para seguir con los preparativos, que tengo a mi *churri* liada comprando. Nos vemos luego.

Se marcha y regresamos a la cocina.

—¿Estás pensando en escapar? —dice al ver mi cara seria.

—No, pensaba si tengo bañador —respondo con una sonrisa.

—Siempre puedes comprarte uno esta tarde. La fiesta será sobre las ocho. Tienes tiempo.

Asiento y voy a ver cómo va la comida. Luego miro el reloj.

—Me tengo que ir. ¿Las vigilas tú?

—Claro, no tengo nada más que hacer.

—Si te quieres venir a mi casa...

—No, es una reunión familiar. No pinto nada. Mejor vigilo tu comida para que no se queme y podamos comer algo decente.

Le pregunto algo a lo que llevo un rato dándole vueltas.

—¿Por qué no te has ido con Peyton y Emily al día de chicas?

—Porque es su día de chicas en familia, y yo no lo soy.

—La familia no siempre va ligada a la sangre.

—Lo sé, pero verlas tan bien juntas me hace recordar que llevo tiempo sin hablar con mi padre.

—Eso no lo sabía. ¿Qué ha pasado?

—Te tenías que ir...

—Para ti siempre tengo tiempo. Al menos, ahora —puntualizo cuando abre la boca seguramente para protestar.

—Te lo cuento luego. Ahora márchate.

Me cuesta irme, pero al final asiento y subo a mi habitación para cambiarme. Al bajar veo a Blanca distraída mirando la comida mientras la remueve.

—Adiós, Copi.

—¡No! ¡Ese mote, no!

Me río y me marcho.

El pasado es mejor no desenterrarlo, pero es inevitable que acabe por regresar de alguna forma u otra abriendo cabos sueltos que tal vez nunca debieron cerrarse del todo.

BLANCA

Me miro al espejo con un bonito vestido playero azul clarito atado al cuello. La espalda está al aire. Llevo un bañador debajo de color blanco.

Ya se escucha la música y, por lo que sé, Cam no ha venido todavía.

He ayudado a Ronnie y a su novia a preparar la fiesta. El jardín está precioso decorado; hay hasta una pancarta que dice: «¡Bienvenido, Cam!». Van a venir muchas personas a las que en verdad les da igual que Cam haya regresado, porque si lo conocen es solo de vista.

Tocan a mi puerta y entra Peyton, seguida de Emily ya con el vestido playero puesto para la fiesta.

—Luke dice que el agua está helada —dice Peyton.

—Más bien congelada. Por eso Ronnie ha comprado más bebida —les informo.

—Yo ni borracha me meto —señala Emily.

—Eso es porque no te emborrachas nunca —la pico.

—Quién sabe... Lo mismo esta noche decido tomar algo más.

—Harías bien —digo—. ¿Ha llegado Cam?

—No, no ha venido, pero la fiesta ha empezado sin él —me explica Peyton.

—En verdad esta fiesta no es por él —digo—. Nadie lo conoce, nadie es su amigo de verdad.

—Tú —indica Emily, y asiento—. ¿Cómo lo llevas?

—No lo sé. Estoy feliz de que hayamos hablado, de ser amigos... De que esté en mi vida otra vez..., pero me aterra enamorarme de él. Perderlo de nuevo..., destruirme. —Me miran extrañadas, porque esa parte de mi vida no la saben—. En otro momento os contaré lo que pasó tras romper. Hoy no, que estamos de fiesta.

—Vale. —Peyton coge mi collar del copo de nieve—. ¿Es nuevo?

—Regalo de Cam. Una promesa que ha podido cumplir.

—Es muy bonito —afirma Emily—. Ayer en la cena no se parecía al Cam frío que recuerdo, pero yo mejor que nadie sé que lo que se muestra al mundo no es lo que de verdad es. Y, por cierto, Colin ya ha llegado con su novia, y Ágata sin su mellizo, que, por suerte, ha sentado la cabeza lejos de aquí, en una empresa con Jarrod, el primo de Luke.

—Sí, y sigo sin entender cómo les va bien —digo—. Vamos a bajar.

Salimos de mi cuarto y bajamos al jardín. Al llegar veo a mucha gente que conozco y a otros a los que aborrezco, porque son los primeros que se apuntan a una fiesta aunque al día siguiente no tengan la educación ni de saludarte ni de aprenderse tu nombre.

Voy a por algo de comer y me acerco a saludar a Colin.

—¿Mi hermano sigue sin venir? —pregunta mirando hacia la puerta.

—Eso parece.

—Lo mismo vuelve el Cam que conocemos y nos deja tirados o viene en plan padre y se pone a recogerlo todo, recordándonos que, si bebemos, no debemos conducir. —Sonríe con cariño.

—¿Cómo os van las cosas?

—No van —confiesa con tristeza—. Somos muy diferentes.

—No puedes vivir sin él y él tampoco sin ti —digo con una sonrisa.

Colin también ha cambiado en este tiempo; tras lo que pasó con las drogas, maduró de golpe. Ahora es más serio que antes. Como jefe es insoportable, pero reconozco que hace muy bien su trabajo. Mejor de lo que siempre he esperado.

—¡Joder! ¿Ese es Cam? —dice Ágata mirando hacia la puerta de la casa.

—Sí, mi hermano se ha dignado a aparecer en su fiesta —responde Colin.

Miro hacia Cam y lo veo observar todo con esa mirada seria y sagaz que tiene, y que la gente confunde con frialdad, pero en verdad es la que usa para analizar el ambiente y saber hacia dónde quiere ir..., o así era antes.

Una chica se le acerca y se le presenta, Cam sonríe amable y hasta parece que le gustan sus atenciones.

Antes no era así.

—Ha pasado de guapo a follable —afirma Ágata, y por la mirada de más de una chica, no es la única de la fiesta que lo piensa.

Ágata se acerca a Cam y le da un efusivo abrazo que no parece disgustarle.

—Lo mismo hasta se emborracha —dice Colin tenso.

—En vez de juzgarlo por cómo era, deberías tratar de entender cómo es —le indico seria.

Me dirijo hacia Cam y, aunque parece que atiende a Ágata, en cuanto voy hacia él, me observa atento con esa sonrisa suya que me vuelve loca y que hace que dentro de mí revoloteen cientos de mariposas.

—Bienvenido —digo al llegar a su lado.

—Gracias. Está todo muy bonito.

—¿Vamos a por algo de beber, Cam? —le pregunta Ágata pasando su brazo por el de él.

—Bien. —Me guiña un ojo y se pierde con Ágata.

Lo veo perderse con la gente, saludar a unos, hablar con otros, integrarse como nunca lo ha hecho, sin apenas costarle.

Al verlo, la imagen que tenía de él en mi mente, de un Cam más joven, se desdibuja. Ya queda poco de ese chico serio. Incluso conmigo siempre se guardaba una parte de él mismo. Nunca me dijo «te quiero», ni «te amo», pero sí decía estar enamorado de mí. Tal vez solo fuera un espejismo.

Al mirarlo ahora con esta gente, me pregunto si fue real.

—¡Vamos a mojarnos! —grita Ronnie al tiempo que su novia enciende una máquina de espuma que tiene cerca—. Como el agua de momento está fría, hasta que no estemos borrachos como cubas y nos dé igual, vamos a hacer honor a esta fiesta acuática.

Me cae espuma, está helada y no llevo suficiente alcohol para soportarla.

Me estoy yendo cuando alguien me abraza por detrás.

—Una fiesta en tu casa y tú sin invitarme. —Sonrío al reconocer la voz de Noel.

—La ha organizado Ronnie para dar la bienvenida a Cam.

—Lo sé. Ronnie conoce a un amigo mío y le dijo que se trajera a más gente..., y aquí estoy yo, en la fiesta de uno de mis jefes. Espero que si me emborracho no me despida.

—Viéndolo, lo dudo.

Los dos miramos a Cam, que está bebiendo cerca de la espuma; una chica preciosa tira de él hacia la espuma y no se opone mucho.

—Tu ex ha cambiado un poco —me dice.

—Sí... Ahora vayamos a por algo de comer y preséntame a tus amigos, que si te soportan, tienen que ser muy buenos.

Vamos hacia donde están sus amigos y, tras hablar un poco con ellos, decido buscar a Peyton y a Emily.

Las encuentro en unas tumbonas, donde nos tomamos unos chupitos juntas.

La gente no se mete en la piscina hasta que pasan dos horas y hacen hasta partidas de waterpolo con sus propias normas.

Cam también está dentro de la piscina con una chica que no se le ha despegado en toda la noche, para fastidio de Ágata, que no para de llamar su atención.

Estoy andando hacia donde están Peyton y Emily, cerca de la piscina, cuando escucho a Cam gritar mi nombre.

Lo miro un segundo antes de sentir que un hombre se tira contra mí y acabo precipitándome en la piscina con un fuerte dolor en la ceja.

He tomado algunas copas y estoy algo mareada, por eso me cuesta encontrar las fuerzas para salir del agua, pero por suerte alguien tira de mí.

—¡Blanca! —Cam me mira preocupado cuando emerjo del agua. Observa mi cara y acaricia mi ceja—. Mierda. ¡¿Acaso eres un puto idiota y no tienes ojos?! —le dice al que me ha tirado.

—Lo siento, Blanca. —Se ríe y me doy cuenta de que va muy pedo.

—No te preocupes.

Cam lo asesina con la mirada y se le acaba la risa de golpe.

—Vamos a que te cure.

—Puedo sola —señalo intentando recuperar el control de la situación, pero no me deja y me coge en brazos para salir conmigo del agua.

—¿Estás bien? —pregunta Peyton. A su lado está Emily.

—Estoy bien...

—Tienes sangre. Vamos a curarte —dice Emily.

—Ya lo hago yo —dice tajante Cam, que parece que sigue molesto.

—Me voy con cromañón —les digo a mis amigas, y esto las hace sonreír.

Entramos en la casa.

Cuando el susto se me va disipando, es cuando empiezo a ser consciente de que mi piel está pegada a la de Cam y que mi cuerpo está reaccionado al suyo. Su calor me está traspasando. Me cuesta pensar con claridad cuando noto como, con cada movimiento, me sacude un escalofrío de placer. Esto no tiene ni pies ni cabeza. El golpe me ha debido dejar trastornada.

Aunque si soy realista, antes era así con él.

Llegamos al cuarto de baño donde está el botiquín y que tiene un *jacuzzi*.

Cam me deja sentada en el mueble y va a buscarlo todo. Se mueve con una soltura como si llevara viviendo aquí toda la vida y no solo un día.

—Has cambiado, pero sigues teniendo memoria fotográfica.

Cam se gira y asiente.

—Me quedo con facilidad con todos los detalles. —Llega con gasas y yodo y me cura—. Voy a tener que ponerte puntos.

—No eres médico.

—Son de tiritas y sé ponerlos. —Los coge y me los coloca con mucha delicadeza—. A Colin se los he puesto alguna vez de niño. Ya está todo listo. ¿Estás bien?

—Solo ha sido un susto. No me di cuenta...

—Ese idiota corría sin mirar —dice aún enfadado, y pongo mi mano en su pecho. Error, porque noto como su corazón late acelerado y no dejo de preguntarme si es por mí, por mi cercanía.

—Estoy bien. Estas cosas pasan cuando en una fiesta dejas que haya alcohol. Cosa que hasta este instante no te había molestado. Lo estás pasando muy bien.

—Me estoy dejando llevar. —Alzo las cejas sin comprender—. No puedo decir que algo no me gusta si no lo pruebo antes. Estoy pasando de ser un carca a tratar de entender por qué la gente disfruta tanto bebiendo y perdiendo la cabeza.

No puedo evitar que me entre la risa. Sigue siendo el mismo Cam en ese aspecto.

—Que no te gusten las fiestas no te hace menos listo o menos moderno...

—No es que no me gusten. —Se apoya a mi lado en el mueble—. Es que a esta gente no la conozco de nada y parece que son mis amigos de toda la vida, solo para estar en la fiesta.

—Bueno, ellas se quieren meter en la cama contigo... Lo digo por si no lo pillas.

—No soy tonto y sé qué es lo que quieren.

—Ahh... Tal vez sea lo que tú también quieras.

Cam toma aire y luego me mira. Está impresionante con el pelo mojado y sin camiseta. Mis ojos no pueden dejar de vagar por su morena piel desnuda.

—Lo hice para saber si era capaz de sentir deseo por alguien más que no fueras tú.

Agrando los ojos, mi corazón da un vuelco y noto como, aunque estoy sentada, las piernas me tiemblan.

—Esto es una locura... No tiene sentido... Es mejor que bajemos.

—Cuando juguemos, te toca robar dos más, porque de los dos eres la que más esquiva mis preguntas.

No le digo nada. No puedo. Llevo años fingiendo que lo odio, olvidándolo con otros, tratando de enamorarme de otras personas, fingiendo ser feliz con mis novios... para que él aparezca en mi vida y mi corazón lata a su lado con una fuerza capaz de arrasarlo todo. Lo deseo, pero no quiero enamorarme de nuevo de él, y no sé si soy capaz de separar una cosa de la otra.

Capítulo 15

CAM

Me despierto tarde. Sé que han contratado a alguien para la limpieza y por eso me he despreocupado un poco.

Bajo a la cocina y de camino veo a Roy y a Emily con mala cara en el sofá.

—Solo te tomaste dos copas —dice divertido Roy al ver la cara de su novia.

—Me duele la cabeza... ¿Cómo puedes tener tan buena cara? —Me mira—. ¿A ti tampoco te afecta?

—Sujeté más el vaso que bebí —reconozco.

—Tómate ese brebaje que ha dejado Luke preparado.

—Prefiero la resaca. Está asqueroso —responde Emily a su novio antes de abrazarlo con la clara intención de dejar que pase el malestar entre sus brazos.

Escuchamos ruido en la escalera, me giro y veo a Noel bajar con Blanca.

Me cuesta aceptar lo que veo, entender lo que siento, asimilar lo que duele ver esta escena. Es como si regresara a un pasado donde los celos al verlos juntos me comían por mi inseguridad.

—Buenos días, chicos —saluda Noel con mala cara.

—Buenos días —dicen Emily y Roy.

Me marcho a la cocina para no seguir viendo esto. No debería molestarme, no me debería afectar, pero me jode. Ayer le hablé de deseo y vi cómo me miraba... ¿Y se acuesta con otro? No tiene ni pies ni cabeza.

Yo me ausenté de la fiesta poco después de curar a Blanca. No tenía ganas de seguir rodeado de gente que no me importaba y a la que no les importo, y me marché a mi habitación, o mejor dicho, me escabullí para no tener que despedirme de nadie. Lo que pasara después y cómo acabó Noel con Blanca lo desconozco.

La puerta de la casa se cierra y escucho pasos. Blanca se acerca y me mira.

—¿No vas a decir nada? —le digo serio.

—Estoy disfrutando del placer de verte celoso.

—Yo no estoy celoso.

—Lo estás.

—No lo estoy porque no somos nada y lo que hagas en la cama, y con quién, me da exactamente igual. —Mi tono de voz no suena calmado y deja claro que no me es tan indiferente como debería.

—Ha dormido en la habitación de Ronnie. Me dijo que fuera a despertarlo porque tenía un asunto importante, y por eso hemos bajado juntos. —Sonríe—. Anoche estaba tan mal que no podía ni andar. Le tuvimos que ofrecer quedarse a dormir para que no se matara de vuelta a casa con su moto.

—Muy bien hecho.

—¿No vas a reconocerme que estás celoso?

—Prefiero robar dos cartas la próxima vez que juguemos al Uno y ser como tú, que pasas de responder.

Me saca la lengua.

—No somos nada. No tienes que ponerte celoso, porque, si somos amigos, que me acueste con alguien será una realidad —me dice algo más seria.

—Lo sé, pero era Noel. No eran celos... Me ha removido sentimientos del pasado.

Asiente.

—Ya... y te dije que Noel no me atraía nada. Sería como acostarme con mi hermano.

—O con Roy y Luke.

Su mirada cambia y siento que me oculta algo. Voy a abrir la boca justo cuando la puerta de la casa se abre y aparece Ronnie con su novia más fresco que una lechuga.

—Buenos días. ¿Qué tal van las resacas?

—¿No tenías nada mejor que hacer que venir a restregarnos lo bien que te sienta beber? —dice Emily.

—La verdad es que no, pero sobró comida de anoche. Hemos venido a comer y a ver si estaba todo recogido.

—Todo recogido —indica Roy—. Y la comida y todo lo demás ya sabes dónde está.

—¿Y Luke y Peyton? —pregunta Ronnie.

—En la cama durmiendo —responde Roy.

—Genial. Voy a despertarlos.

Sube las escaleras y miro a Blanca.

—Qué majo él... ¿Cómo lo habéis soportado tantos años?

—No lo sé. Yo también me lo pregunto.

Al poco se escuchan golpes en la puerta y a Ronnie llamando a sus amigos.

Me preparo un café y salgo al jardín para tomármelo buscando algo de paz.

Al fondo hay un frondoso árbol con unas ramas muy grandes y fuertes. Me recuerda al que tenía Blanca en su casa. Voy hacia él y olvido mi café en una de las mesas del jardín. Al llegar, veo en lo alto un corazón y nuestras iniciales.

Me giro y veo a Blanca, que me ha seguido.

—Lo trasplanté hace poco. Mi padre me escribió para decirme que había decidido talarlo y construir allí una pista de minigolf... Por si quería hacer algo con él.

—Y decidiste traerlo aquí.

—Era nuestro árbol... Bueno, el mío... Vale, el de los dos —admite algo sonrojada.

—¿Y el columpio?

Señala la caseta de la piscina.

—Me dio miedo ponerlo antes por si el árbol no estaba bien arraigado al suelo, pero el jardinero que vino a trasplantarlo me dijo hace poco que estaba bien y que iba a sobrevivir. Es una locura, ¿verdad?

—Yo hubiera hecho lo mismo —reconozco antes de entrar en la caseta para buscar el columpio.

Lo encuentro. Es grande, de dos plazas, y pesa.

Lo saco con cuidado y veo cómo ponerlo en el árbol.

—Voy a decirles que nos ayuden. A Ronnie el primero —dice Blanca—, o si no, que no hubiera venido a gorronear comida.

Blanca se aleja para buscar a sus amigos y yo miro el árbol recordando las cosas vividas en él.

Aquí subidos, en el columpio, nos dimos nuestro primer beso y pasamos de ser los mejores amigos a novios.

No recuerdo quién dio el primer paso, o si al mirarnos a los ojos los dos comprendimos que nos moríamos por ese beso, y dejamos de fingir que nos veíamos solo como amigos.

Ronnie llega el primero, seguido de Roy y Blanca. Les explico cómo he pensado ponerlo y entre todos conseguimos instalarlo de vuelta en su sitio.

Blanca se sube para probarlo y se balancea. Como hacía hace años, cierra los ojos y sonríe.

—¿Y es un columpio normal o sexual? —pregunta Ronnie—. Si es sexual, me pido primero para probarlo.

—Como acerques tu cuerpo desnudo o el de tu chica a mi columpio, te corto los huevitos —responde Blanca seria.

—Huevazos... No te confundas —indica Ronnie divertido antes de sentarse al lado de Blanca en el columpio—. A mí estas cursiladas no me van. —Alza la vista y ve el corazón—. ¿«C y C»? ¿Quién ha puesto eso ahí?

—Es un misterio con el que te quedarás —lo pica Blanca.

—No me hagas esto. No me cuadra. Si pusiera «B y C», digo Blanca y Cam —me mira—, pero «C y C» no me encaja.

Sonrío y miro a Blanca, que me observa cómplice. Iba a poner una B, pero Blanca dijo que todo el mundo la conocía con ese nombre, pero que para él era Copi. Así que puse una C por mi forma de llamarla cuando estábamos solos.

—Hoy no duermes —le dice Roy.

—Eso seguro, pero lo descubriré —responde Ronnie—. Y ahora voy a darme un baño, que ya está empezando a hacer calor.

—El agua sigue helada —informa Blanca.

—No para mí.

Ronnie se quita la ropa, se queda en calzoncillos y se tira de cabeza. Al poco emerge del agua insultando en todos los idiomas que sabe por lo fría que estáel agua.

—Ahora he pasado de tener huevazos a que sean unas putas canicas —responde cuando sale, y busca una toalla en la casa.

—Le está bien merecido, por vacilón —dice Roy, y se aleja hacia la casa.

Me acerco a Blanca y me acabo por sentar a su lado como tantos años antes. Nos mecemos despacio, sin prisas... Tal vez recordando la cantidad de veces que este árbol y este columpio fueron testigos de nuestras conversaciones.

—¿Qué te ha pasado con tu padre? No me has contado por qué no os habláis.

—Sabes que las cosas no han ido nunca bien con él y que sus muestras de cariño eran regalos o dinero. —Asiento—. En Navidad, no pudo estar y me llenó el cuarto de regalos. Me dolió tanto que dije basta. Le dije que no quería su dinero y que iba a costearme todos mis gastos a partir de ese momento. No le sentó muy bien. Esto nos distanció porque ya no quería regalos suyos y él no podía acallar su conciencia con ellos.

Se queda callada.

—¿Y qué más pasó?

—Lo vi con una mujer, de unos treinta y pocos años, muy acaramelado. Me vio y se puso pálido, como si lo hubiera pillado en algo indecente. Me acerqué y me la presentó como una amiga. Al poco la prensa publicó que el alcalde tenía nueva novia y que esperaban un hijo. —Blanca se queda callada—. Fui a verlo y le dije que creía que le importaba, que de quererme un poco me lo hubiera contado todo antes de que me enterara por otros. No dijo nada, Cam. Nada que justificara su forma de actuar. Solo me confirmó que era cierto y no dijo más.

»Al poco me llamó la responsable de prensa para que fuera a apoyar a mi padre en un evento y me pasó unas respuestas para los periodistas. Debía decir lo maravilloso que era como padre y cómo estaba siempre pendiente de mí. Fui a verlo y le dije que por qué tenía que mentir por él. Me soltó que porque era su hija y se lo debía por todo lo que me había dado desde que nací. Ya no me pude callar más y exploté, confesándole que lo único que siempre había querido y nunca me había dado era su cariño.

»No dijo nada, Cam. Solo me miró sin respuestas que lo justificaran. Desde entonces no nos hablamos, pero por la prensa sé que espero un hermano y que no se pierde ni una visita al ginecólogo. Y, cómo no, todo esto ha hecho que tenga mejor reconocimiento mediático y lo quieran más. No lo reconozco...

—Tienes razón. Tu padre es muy frío... y sabes que te entiendo.

—A ti te abandonó tu madre. Yo ni siquiera conocí a la mía y mi padre me evita.

—Ahora vas a tener un hermano.

—¿Y lo veré? Porque tengo mis dudas. Ni me ha presentado a su novia. ¿Sabes cuánto me va a doler estar lejos de él? ¿No ser parte de su vida? Y es lo que pasará viendo el distanciamiento que hay entre el padre que compartiremos y yo.

—No adelantes acontecimientos. Lo mismo luego

no resulta como piensas. —Cojo su mano entre las mías y acaricio su palma con mis dedos.

Apoya su cabeza en mi hombro, como tantas veces en el pasado.

No sé cuánto tiempo ha pasado cuando nos llaman para comer. Si he de ser sincero, me han parecido unos segundos sin ser consciente de cómo pasaban los minutos.

* * *

Hoy es lunes y me he venido temprano al trabajo. Ayer, tras comer, me subí a mi habitación porque necesitaba estar solo... Me pasé toda la comida mirando a Blanca sin que nadie se diera cuenta y eso me tiene intranquilo. Era algo que no podía evitar, tampoco ser tan consciente de ella.

Le he dejado a Blanca un mensaje en su taquilla para que viniera a verme nada más llegar. Mi padre y mi hermano ya están trabajando. Los he saludado y me he venido a mi despacho a trabajar en lo que a ellos les sobra.

Saberlo no me duele tanto como debería tras todo lo que he luchado por esta empresa. Trabajar aquí ya no me llena ni me motiva ahora que he decidido dejar de fingir una felicidad que estaba lejos de sentir.

Llaman a la puerta, digo que pasen y aparece Blanca. Al verme me mira de arriba abajo.

—Mi padre me dijo que, por mucho que mi estilo fuera del trabajo sea otro, aquí debía ir con traje.

—Te queda bien —dice con una sonrisa—. Muy sexi sin corbata.

—¿Pensando perversiones a primera hora de la mañana, Copi?

Se sonroja.

—No me acostumbro a este lado tuyo, pero me gusta. Y ahora dime qué quieres. —Sonrío de medio lado—. Y que no implique nada sexual, que sé que estoy muy buena, pero resístete.

—Hablando de trabajo... Necesito una ayudante y no quiero contratar a nadie o poner a una extraña. He pensando en ti para ese puesto.

—¿Y vas a soportar verme a todas horas?

—Sí —digo sincero—. Te daría un puesto mejor, pero ahora es lo que tengo y lo que puedo ofrecerte. No seré tan capullo como Ane.

—Con poco eres mejor que ella y acepto con tal de no tener que lidiar con sus tonterías.

—Genial, vamos a empezar a trabajar para ver en qué puedo ayudar, porque de repente no tengo nada que hacer más que tonterías.

—Seguro que encontramos algo.

—Instálate en el pequeño despacho que hay al lado del mío y vienes.

Asiente y va a por sus cosas.

Al poco regresa y nos vamos juntos hacia los archivadores, donde reviso los últimos movimientos y contratos.

—Mi hermano quiere buscar una nueva forma de hacer envases y sustituir los de plástico. —La empresa de mi padre se dedica a los envasados y la fabricación de envases de plástico para muchas marcas—. Entiendo que la gente quiere cosas nuevas, pero creo que nos estamos confundiendo al atajar el problema de raíz en vez de crear compradores responsables.

—Creo que entiendo qué quieres decir.

—No digo que no se encuentre una opción mejor,

pero si no aprendemos a ser responsables con nuestros desechos, al final la solución también nos acabará por salir cara. No se puede dejar de usar plástico del todo, se debería aprender a utilizarlo y dónde tirarlo. Si no, lo que se cree para sustituir el plástico acabará siendo tirado igual, y tal vez no haga daño durante tantos años, pero seguirá causando estragos en el planeta a corto plazo.

—Te entiendo. Crees que se deberían crear más campañas para concienciar a la gente de la importancia del reciclaje, en vez de buscar una alternativa y eliminar de raíz el plástico.

—Creo que o empezamos a ser conscientes de que vivimos de prestado en el mundo o el mundo acabará muy mal.

—Colin quiere buscar alternativas y eliminar el plástico del todo.

—Yo creo que hay que buscar alternativas, pero tener cabeza, porque tirarte con los ojos cerrados a una alternativa sin explorar puede hacer que tu negocio se hunda.

—Háblalo con él.

—Ya lo he hecho, y está convencido de que tiene razón.

—Me gusta tu idea de que nosotros tenemos compradores que saben usar el plástico.

—O aprendemos a usarlo o, al final, el método que empleemos para sustituirlo puede salirnos caro. Creo que el plástico debe estar en nuestras vidas, en los productos más duraderos que no son de usar y tirar, y buscar alternativas para los que sí lo son. Alternativas que a la larga no sean un problema porque la producción de dichos productos ponga en peligro el planeta.

Todo sería más fácil si la gente fuera responsable de su basura.

—Sí. A mí me has convencido. Debes hablar con ellos otra vez.

—Quiero buscar datos primero y ver unas empresas que crean envases que sustituyen al plástico.

Tomamos notas y nos vamos hacia mi coche para ir a esas empresas, donde nos informan de todo y nos dejan varios informes de cómo trabajan para estudiarlos.

Se nos hace tarde para comer y entramos en un restaurante que, aunque no nos puede ofrecer muchas cosas de la carta, sí nos puede preparar algo rico para comer.

—Me ha gustado investigar contigo —me dice Blanca.

—Aún nos queda.

—Sí. ¿Qué te hizo pensar así?

—Trabajar en varios restaurantes y bares. Vi que se tiraba mucho plástico, pero lo hacían de manera responsable, y también que usaban mucho para almacenar. Lo hablé con uno de mis jefes y me dijo que a él sus padres no le habían enseñado a ser responsable de sus desperdicios, pero él a sus hijos sí les hacía ser conscientes de que la basura era responsabilidad de todos. Tenemos el futuro en nuestras manos y son las nuevas generaciones que están naciendo las que aprenden qué uso dar a las cosas.

—Pero no dejamos de ser consumistas y caprichosos. —Me río.

—Y cada vez más, porque los padres tienen menos tiempo y compran regalos a sus hijos para que, cuando están en casa, los dejen respirar un poco.

—Yo lo sé mejor que nadie.

—Yo he tenido suerte de tener a la madre de Luke siempre cerca. Se convirtió en una madre para nosotros cuando... —Me quedo callado un segundo—. Cuando esperábamos que la nuestra regresara.

—Te entiendo. Yo nunca he conocido a mi madre. Se fue nada más tenerme. —Me cuenta algo que ya sé, pero me gusta que se abra y me lo diga—. Pero siempre he deseado que se arrepintiera y regresara. Creo que, aunque queramos creer lo contrario, nunca se deja de esperar que un padre regrese a nuestras vidas.

—Tal vez no, pero aunque no le deseo ningún mal a mi madre, ya no la quiero en mi vida. No puedo perdonarla por abandonarnos, pero sí desearle lo mejor para su vida.

—¿La querías?

—Era solo un niño... ¿Qué niño no adora a su madre? —le admito al fin. Nunca he querido hablar con ella de mi madre—. La quería mucho, y, cuando se fue, era más fácil centrarme en el dolor de Colin que pensar en el mío. No lo ayudaba porque temiera que se derrumbara, sino porque podía hundirme yo. Sin darme cuenta, encontré en ser responsable una forma de ocultar mi dolor y también de evitar que mi padre tuviera razones para dejarnos. Me aterraba que se fuera.

Blanca coge mis manos sobre la mesa y luego se levanta para darme un abrazo al tiempo que nos traen la comida.

—Gracias por abrirte a mí. Siempre te pregunté sobre esto, pero no era el momento idóneo para hablar de ello.

—Cada cosa tiene su momento, ¿no?

—Sí.

—Y ahora siéntate a comer, que se te va a enfriar.

Se aleja tras sacarme la lengua.

Si le he dicho que se fuera, es porque me ha costado mucho abrazarla con tanta fuerza, ya que por un momento, entre mis brazos, creí que era posible no perderla jamás.

Capítulo 16

BLANCA

Estoy sola en casa, arreglándome para el concierto de esta noche en el *pub* de Roy. Es viernes y, tras una semana al lado de Cam, lo necesito. No porque sea mal jefe, creo que sabe lo que hace y tiene mucha empatía, pero es que cuanto más tiempo paso a su lado, más me cuesta recordar las razones por las que no debería desearlo.

Me siento ahora mismo como si yo fuera un imán que se ve inevitablemente atraído y evita a toda costa dejarse llevar.

Lo deseo como nunca he deseado a nadie salvo a él y, cuanto más conozco de este nuevo Cam, más me fascina.

No quiero enamorarme de él, no quiero amarlo... Sé cómo acabará todo. Él no es para mí, ni yo soy para él.

Hoy no lo he visto en casi todo el día. Esta mañana, cuando fui, estaba reunido con su padre y su hermano, y no sé de qué hablarían, pero Cam me dio el día libre y, tras coger sus cosas, se marchó.

No me fui. Me quedé por allí ayudando a Ane.

Colin me dio las gracias por ayudarla y, cuando nos quedamos solos, le pregunté qué sucedía. Me miró y me dijo:

—Que mi hermano no sabe lo que quiere y, en vez de darse cuenta de ello, intenta que los demás, que sí sabemos lo que deseamos en la vida, cambiemos de parecer.

No le dije nada porque sé que tiene parte de razón. Siempre vi a Cam trabajando para su padre... Ahora no lo tengo tan claro. Es como si de repente el lugar que siempre fue parte de él ya no le perteneciera.

Recojo mis cosas para marcharme. Estoy bajando las escaleras cuando la puerta de la calle se abre. Alzo la mirada para ver de quién se trata cuando veo a Cam entrar en la casa.

—¿Sales? —me pregunta al cerrar la puerta.

—Voy al *pub* de Roy, al concierto de esta noche. ¿Vienes?

—Si esperas a que me cambie, voy contigo —me dice sin pensarlo mucho.

—Te espero.

Empieza a subir los escalones al tiempo que yo los bajo y llega a un punto donde nuestros ojos quedan a la misma altura.

Me pierdo en sus ojos verdes, y me doy cuenta de que parece triste. Al mirarlo me cuesta recordar la última vez que lo vi sonreír de corazón.

Cam ha aceptado que se quedó tocado con el abandono de su madre, pero, aunque no espera que vuelva, tampoco ha aceptado su partida. Una parte de él sigue anclado al momento en que la perdió. Tal vez ese fue el instante en el que perdió su sonrisa.

Alzo la mano y acaricio sus labios. Me doy cuenta tarde de que es un gran error...

Su suavidad me traspasa y me recuerda un tiempo donde eran mis labios los que los saboreaban, los que eran acariciados por ellos.

—La felicidad no es para el que la busca —le digo—, es para aquel que sabe encontrarla en lo que le rodea.

—Pues yo debo de estar ciego.

—O estar mirando hacia el lado equivocado todo el rato.

Sonríe.

—Me cambio y nos vamos. No quiero que llegues tarde por mi culpa. —Asiento y lo dejo ir.

Lo espero en el salón.

No tarda en bajar con unos vaqueros cómodos y una camiseta negra de manga corta. Estos días está haciendo calor y ya se nota que el verano está a la vuelta de la esquina.

Yo llevo un vestido de tirantes con unas botas de entretiempo.

Andamos hacia el *pub* mirándonos de reojo, como un par de tontos que no saben de qué tema hablar, pero se mueren por hablar de lo que sea.

—Qué buena noche hace...

Me mira y sonríe.

—¿Conversación de ascensor conmigo, Blanca? —me dice divertido.

—Eso parece. Quiero hablar de lo que sea... Si me dijeras qué tema te hace feliz, te lo agradecería.

—Me hace feliz estar a tu lado sin hablar.

Mi corazón da un vuelco hasta que me doy cuenta de que tal vez es una forma sutil de decirme que me calle.

Llegamos al *pub* y veo a mis amigos al fondo en una mesa. Los saludo y voy con Cam a la barra para pedir algo de beber antes de ir junto a ellos.

—Te dejo que elijas el cóctel que quieras —me dice mirando la carta de bebidas.

La miro y pienso que el que se llama «K.O.» tiene pinta de ser fuerte, quizá eso haga que Cam se suelte y disfrute.

Lo pido y vamos a la mesa con ellos. Hemos pedido también para mis amigos.

Noel también está cerca con los suyos y, al vernos, nos saludamos con un abrazo de oso.

—Hay una chica que no deja de mirarme —me dice Noel al oído, y me mueve para que la vea. Es morena y muy guapa—. Mientras te abrazo ha puesto mala cara.

—Pues acércate.

—Sabes que me cuesta acercarme... Temo parecer tonto...

—Vamos, Noel. Si no te arriesgas, nunca saldrás de tu zona de confort.

—Vale, pero tal vez dentro de tres cubatas.

Sonrío y me voy hacia donde están mis amigos.

Cam está cogiendo un chupito y se lo bebe de un trago. Me mira al acabar.

—Es muy fuerte —me dice.

—Entonces hace honor a su nombre. —Lo pruebo y noto como me quema la garganta—. ¡Joder! ¿Qué mierda es esta que parece alcohol puro?

—Yo no me atrevo a probarlo —dice Emily.

—Mejor —responde Peyton con el suyo en la mano.

Al final se lo toma—. Ya he bebido suficiente para todo un mes.

—Sois un poco exagerados —indica Luke antes de tomárselo, pero por su cara sabemos que se va a callar para no contradecir sus palabras.

—Pues hay que terminarlo, que ya los hemos pagado —les digo cogiendo otro y bebiéndomelo como si se tratara de medicina. Está asqueroso.

Tras el tercero, siento que floto, y como veo a Noel mirar a la chica y no hacer nada, voy yo hacia ella y le pregunto si le gusta mi amigo.

—Es muy mono, la verdad... —Lo miramos y Noel pone cara de querer asesinarme.

—Y como persona es mejor. ¿Te lo presento?

—Vale.

La chica me sigue y se la presento a Noel. Los dejo hablando y vuelvo a mi mesa dando pequeños saltitos.

Peyton aparta de mí lo que queda de cóctel.

—Vamos, no seas cría, que el tercero me ha sabido mejor.

—Mejor lo dejamos en un puntito o el tercero te puede dejar de verdad *K.O.* —dice Emily.

—Aguafiestas —los acuso.

Veo que el grupo va a empezar a tocar y me marcho hasta las primeras filas para escucharlos mejor. Cuando me coloco, noto que alguien se pone detrás de mí. Me giro, borde, hasta que Cam me dice al oído:

—Soy yo. —Me pasa una mano por la cintura cuando nos empujan—. ¿No había otro sitio peor?

—No. ¿Y por qué a ti no se te ha subido la bebida?

—La aguanto muy bien.

—Pues vaya rollo... Te quería emborrachar y que te rieras. Regalarte una noche de felicidad...

—Soy feliz ahora.

—¿En serio?

—Sí.

Doy saltitos, lo miro y sonríe. No me dice por qué es feliz, pero ahora mismo no me importa.

Empiezan a tocar y no me sé la canción; la gente de mi alrededor, tampoco, porque es un grupo nuevo que está empezando, pero me muevo y bailo como si me la supiera.

Nos empujan y mi culo se pega al sexo de Cam.

—Ahora sí te he puesto feliz —le digo sin parar de reír.

—Estás muy borracha...

—Tal vez, y tú estás muy bueno —indico cerca de su oído—. No dejo de recordar tu culo y preguntarme si sigue tan perfecto como antes. No sabes cuánto te deseo... y cómo me muero por besarte.

Miro sus labios, alzo la mano y se los acaricio.

—Yo no necesito beber para reconocerte que también te deseo.

—¿Y solo es deseo? Porque no quiero enamorarme de ti de nuevo... Me costó mucho olvidarte y para hacerlo me destruí... No quiero pasar por eso...

—Solo es deseo —dice con voz seria.

Me giro y lo miro a los ojos.

—No puedo negar la atracción más. ¿Nos vamos a casa?

Se ríe.

—Hoy no. Si tenemos que volver a estar juntos de esa forma, no será cuando no sé si hablas tú o lo que has bebido.

—¿Y si me invaden las excusas para no admitir cuánto deseo estar contigo en la cama?

—Prefiero eso a acostarme con alguien que se deja llevar por la bebida, que lo vuelve valiente.

Me apoyo en su pecho y lo abrazo.

Sus brazos me rodean.

Bailo pegada a él, hasta que mis ganas de más se intensifican y me separo para bailar.

Todo me da vueltas, y más cuando giro, y bailo.

Cam me sujeta para que me centre.

Regresamos a la mesa donde están nuestros amigos y veo a Noel perderse con la chica que ha conocido.

—Me siento como una casamentera —señalo emocionada.

Luke trae nuevos chupitos y, antes de que me lo puedan impedir, cojo otro. Ya me saben todos deliciosos.

Bailo con mis amigas y, cuando el grupo se va, miro a la puerta y me parece ver a alguien con una cámara sacando fotos en nuestra dirección. Al verme se va hacia otro lado. No le doy importancia porque, aunque no encaje en este lugar, sí he visto a gente con ese tipo de cámaras para sacar fotos para la prensa y para hablar del local de Roy.

Sigo bailando hasta que me empiezo a encontrar mal y salgo a tomar el aire.

—¿Estás bien? —me pregunta Cam poniéndose a mi lado.

—No. Me quiero ir a casa. —Me tiende mis cosas—. ¿Y esto?

—Las cogí por si acaso era lo que querías. Ahora mando un mensaje a Luke para decirle que nos vamos.

Asiento y empezamos a andar. Como no me encuentro bien, paso mi brazo por el suyo y me apoyo en él.

—Mañana voy a estar hecha una mierda...

—Sí.

—Podrías mentirme.

—No.

—¿No vas a hablar más?

—No, lo que te diga ahora da igual... Tal vez no lo recuerdes.

—Entonces dime que no puedes vivir sin mí y luego me olvido de ello —le pido, pero no dice nada.

Hacemos el camino en silencio y, cuando llego a casa, siento que todo me da vueltas. Corro al aseo que hay en la primera planta y Cam me sigue para ayudarme con el pelo.

—No deberías estar aquí.

—Sí, debería. Nunca me tendría que haber ido de tu lado.

—Tienes razón.

Le pido que me deje sola y, tras lavarme los dientes, salgo del servicio.

Me cuesta un montón subir las escaleras hasta la segunda planta, y no digamos quitarme la ropa.

Al final me tiro en la cama sin intentarlo.

Cam está cerca y, cuando hace amago de irse, cojo su mano.

—Duerme conmigo... Al menos hasta que llegue el amanecer. No quiero dormir sola.

—¿No quieres dormir sola o quieres dormir conmigo?

—Pensaba que no querías hablar.

—Tienes razón... No respondas.

—Quiero dormir contigo —confieso antes de darme la vuelta.

Antes de dormirme, noto que entra en la cama y se pone a mi lado.

No me abraza, pero soy demasiado consciente de su persona, de su cuerpo, de su calor, de lo mucho que lo he añorado en mi cama.

Casi me he dormido cuando lo escucho susurrar:

—No debería, pero cada día me cuesta más recordar cómo pude vivir sin ti.

Me duermo pidiendo no olvidar este momento.

Capítulo 17

CAM

No sé por qué anoche dije eso a Blanca o por qué me quedé a su lado en la cama. No me dormí, me quedé un rato hasta que vi que ella estaba bien y me marché. Lo hice porque temía dormirme y no poder retener mis ganas de abrazarla en sueños.

No puedo dejar de pensar en sus palabras.

Hoy he pasado el día con mi familia y ahora que regreso a mi casa, donde me la encontraré, no sé cómo podré mirarla sin recordar que el deseo es una realidad palpable entre los dos.

Cuando entro no veo a nadie en el salón, pero sí escucho una música relajante en el jardín.

Salgo para ver quién está en él.

Lo hago y me encuentro con Blanca sola, metida en el *jacuzzi* con los ojos cerrados, escuchando música.

No puedo dejar de mirarla, y observo que sonríe por lo que piensa. Está tan relajada escuchando la música, sintiendo las burbujas recorrer su cuerpo, que no es consciente de cómo mi mirada la devora.

Doy unos pasos hacia ella, y solo cuando estoy cerca, abre los ojos y me ve entre la bruma.

Toco el agua.

—Está muy caliente.

—Me he bañado primero en la piscina y me quedé helada. ¿Te animas a un baño?

—¿Aquí dentro?

—O en la piscina.

—Voy a ponerme el bañador y me lo pienso.

Asiente y cierra los ojos.

No tardo en ponerme el bañador y, cuando regreso, me meto directamente en el *jacuzzi* con ella.

Me siento a su lado.

—Una vez dentro no está tan caliente —digo.

—Yo pensaba que me podría quedar dormida.

—Una irresponsabilidad. —Me mira y sonríe—. No puedo olvidar cómo era.

—Es que no tienes que olvidarlo. No puedes dejar de ser quien eras por mucho que hayas descubierto que te gusta hacer cosas diferentes.

No le digo nada. A veces no sé ni quién soy. Si hago lo que quiero o evito hacer lo que hacía porque lo hacía bajo el miedo de perder a más gente.

—¿Dónde están los demás?

—Se han ido de viaje de fin de semana en parejas. Superromántico. Me invitaron, pero lo de ser una aguantavelas no va conmigo.

—Te entiendo. Me pasa muchas veces cuando Colin está con su novia. No sé bien dónde meterme.

—¿Habéis acercado posiciones?

—No, no conozco a mi hermano por mucho que lo quiera.

Blanca apoya su cabeza en mí, haciendo que nuestros cuerpos queden muy cerca y que su piel acaricie la mía. Cierro los puños para evitar la tentación de acercarla más. No sé si ha sido buena idea meterme aquí con ella, y menos con lo caliente que está el agua.

Salgo del *jacuzzi* y me lanzo de cabeza a la piscina. Necesito agua fría.

Emerjo y escucho un chapuzón. Me giro y veo a Blanca salir gritando por lo fría que está.

—¡Está helada, joder!

—No seas tan exagerada. —Se mueve tratando de entrar en calor y, sin pensarlo, tiro de ella y la abrazo—. ¿Así mejor?

—No lo sé —me dice quieta, notando como mi piel acaricia la suya—. Tal vez ahora me acabe quemando.

Sé por qué lo dice y no encuentro razones para alejarme, para detener esto. Es como si todo pensamiento coherente se hubiera callado y solo pudiera pensar en besarla.

Alzo mi mano y acaricio sus labios con mis dedos.

—¿Qué recuerdas de anoche?

Agranda los ojos.

—¿Nos liamos o algo?

—No, solo dormimos juntos, pero sin tocarnos, y dijiste que me deseabas.

—No me acuerdo mucho de todo eso... Esos chupitos eran una bomba.

—Para ti, sí.

Noto que mi respiración se acelera. Mi corazón late como un loco en el pecho. Me muero por besarla, y por lo que veo en sus ojos, ella también.

Nos acercamos el uno al otro hasta que se detiene a un centímetro de mis labios.

—¿Estamos seguros de esto? —Su aliento me acaricia.

—Sí, si los dos sabemos que solo puede haber deseo... y nada más.

—Yo sí lo estoy. No quiero nada más contigo salvo tu amistad y esto.

Nos miramos a los ojos, tal vez recordando nuestro último beso compartido, ese donde creíamos que éramos dueños del tiempo y que este nunca nos separaría, hasta que seguimos jugando y una pregunta inocente lo cambió todo.

Ahora somos adultos y tenemos las cosas claras.

Me acercó a ella y siento al fin sus labios sobre los míos.

La descarga de placer que siento es mucho más intensa de lo que esperaba. Intensifico el beso perdido en su sabor. No recuerdo un instante donde mi cuerpo y mi mente hubieran estado tan acordes con lo que deseo.

No hay razones para no darle un segundo beso.

Solo puedo pensar en el siguiente.

El beso se hace más intenso y su boca se amolda a la mía... Nuestros cuerpos se acercan al máximo.

Blanca entrelaza sus piernas en mi cintura y yo apoyo su espalda en la pared de la piscina al tiempo que su lengua acaricia mis labios. ¿Cómo me pude conformar con menos que esto? Porque siempre supe que solo lo podía tener todo con ella.

Nuestras lenguas se entrelazan. Sus manos se anidan en mi pelo y tiran de él, no sé si para que no me marche.

Hace años que no me sentía tan vivo, que no tenía tan claro lo que deseaba. Noto como mi deseo crece entre sus piernas.

Estoy mareado por lo que siento. Me separo un instante para perderme en sus ojos.

—No ha sido así con nadie —me dice con la mirada triste.

—No puedo negar que eso me alegra.

Sonríe antes de abrazarme con fuerza. Nuestros cuerpos se fusionan cuando hago lo mismo. Tristemente, me doy cuenta de que a su lado sí sé reconocer lo feliz que soy estando con ella.

BLANCA

Cam sale de la ducha que nos hemos dado por separado.

Tras estar un rato abrazados, hemos nadado un poco y, sin decir nada, hemos subido a cambiarnos.

Yo me he duchado en el otro servicio y ahora lo espero sentada en mi cama.

Mi corazón sigue acelerado y, cuando pienso en nuestros besos, cientos de mariposas tontas anidan en mi tripa.

Entra en mi cuarto con el pelo húmedo. Me mira con deseo y me muero por dejarme llevar, por hacerle el amor..., pero eso es lo que me da miedo, no saber separar el deseo del amor y caer en sus redes.

Se sienta a mi lado.

Mi piel llama a la suya y siento cientos de escalofríos ahí donde su calor me traspasa.

—¿Jugamos a las cartas? —dice al ver la baraja en mi escritorio.

—Vale, acepto tu huida. —Le saco la lengua.

No dice nada, solo sonríe y coge las cartas.

Yo voy a por algo de comer y de beber. Regreso y Cam ya ha repartido en la cama, como antes.

Me pongo cómoda y cojo mis cartas.

—¿Con nuestras normas?

—Sí —dice con una mirada intensa.

—¿Hasta la del beso?

—Sí —afirma seguro, y mi corazón da un vuelco.

Me levanto y voy al cajón de mi escritorio donde escondo, al fondo, una caja con cosas que me regaló Cam que he traído de casa de mi padre, estaban ahí hasta que Cam tuvo el accidente y las quise cerca, y entre esas cosas están nuestras normas escritas en un papel.

Lo dejo sobre la cama a su lado y lo coge.

—No me puedo creer que aún lo guardes.

—Yo tampoco. Muchas veces intenté romperlo, pero no pude —le reconozco.

Empezamos a jugar y tira una carta de cambio de sentido donde yo pierdo el turno y él puede hacerme una pregunta; si no respondo, me toca robar dos.

—¿Te arrepientes de nuestro beso?

—No —digo sin pensarlo.

Seguimos jugando y tiro una carta con la que él tiene que robar dos y, en nuestro juego, además, decimos un defecto de la otra persona.

—No eres feliz —afirmo.

—¿Y eso es un defecto o una condena?

—Los dos, porque deberías aprender a ser feliz con lo que tienes y luego buscar lo que deseas.

No me contradice, solo sigue jugando hasta que tira una carta en la que yo pierdo el turno. Para compensarlo, en nuestras normas pusimos que era un beso en los labios.

—¿Me vas a besar o a robar dos por no hacerlo? —le pregunto cuando lo veo dudar.

—Te voy a besar... y he tirado esa carta —dice antes de coger mi cara entre sus manos y besarme. El beso me sabe a poco, y, por su mirada cuando se aparta, sé que lo sabe.

Seguimos jugando y tiro una carta comodín con la que puedo cambiar el color de la partida. Según nuestras normas, podemos pedir algo que deseamos.

—Dame otro beso.

Alza las cejas divertido.

—Puedo robar dos...

—Puedes... si eres un cobarde.

—O si quiero acabar la partida y los dos sabemos que, si seguimos así, no acabaremos.

—Cobarde —le acuso antes de que se acerque y me bese.

Nos separamos cuando recordamos que tenemos que respirar para vivir. Ahora mismo solo era capaz de respirarlo a él.

Seguimos jugando.

Tira la carta de comodín que tiene el centro en blanco, la misma que me dio por Navidad.

—Nunca he querido a Carla, pero quería quererla.

—Yo tampoco a Adrian ni a ninguno de ellos —se lo digo, aunque no me toca confesar nada.

Tiro una carta de robar cuatro y, según nuestro juego, puedo decir algo que odie.

—Odiaba verte con Carla... No lo soportaba.

—Yo odiaba verte con otros, pero es lo que acabará pasando... —me responde, y que añada eso me duele más de lo que debería; yo, que juro no sentir más que deseo por él.

No sé qué decir. Esta conversación es muy intensa.

Seguimos jugando y me sale la carta comodín con el centro en blanco: un secreto inconfesable. Nos miramos a los ojos a la espera de saber si diré algo o pasaré.

—Te sigo queriendo..., aunque no quiero enamorarme de ti de nuevo.

Noto como la mirada de Cam se hace más vidriosa, como si mis palabras lo emocionaran y entristecieran a la vez.

Alza su mano y acaricia mi mejilla con cariño.

—Yo también te quiero, y tampoco quiero el amor en mi vida de nuevo.

Mi respiración se acelera.

Sus caricias bajan por mi cuello y se paran donde late mi sangre, golpeando con fuerza una de las venas de mi cuello.

Me cuesta tragar. Sé lo que quiero, lo que deseo, y no ceder a la pasión me está matando.

Al final dejo de resistirme y acorto la distancia que nos separa para coger su cara entre mis manos y besarlo.

Cada beso es mejor, y a la vez me hace recordar a la Blanca que era con él, a la que creía en el amor para siempre. A la que no imaginaba un futuro sin él y creía que no existía nada lo suficientemente fuerte capaz de separarlos.

Me separo para tomar aire y lo beso de nuevo.

Caemos sobre la cama enredando nuestras piernas.

Las cartas se nos pegan a la piel.

Su lengua se adentra en mi boca al tiempo que sus manos no dejan de acariciar mi cuerpo.

Tiro de su camiseta, quiero tocar su piel...

Se aparta y se la quita antes de tirar de mi camisón.

Acaricio su pecho. Ha cambiado desde la última vez que mis manos recorrieron todos sus recovecos, pero, aunque su cuerpo ha cambiado, lo que siento es igual. Es mi Cam. Esa persona que, cuando me acariciaba, sabía cómo llegar hasta mi alma. Algo que no todo el mundo consigue.

Sube su mano por mi costado hasta el bajo de mis pechos. Los tienta, los toca con los nudillos sobre el sujetador.

Gimo entre sus labios cuando se acomoda mejor entre mis piernas y noto como mi sexo acaricia el suyo.

Subo y bajo profundizando la caricia.

Cam deja de dudar y mete su mano por debajo de mi sujetador.

Me lo quito y dejo mis senos libres a sus atenciones.

Cam los acaricia con suavidad. Se separa y me mira tirada en la cama. Coge una carta que tengo cerca, la de cambio de cartas, que en nuestro juego es que digamos un deseo.

—Deseo hacerte el amor. —Deja la carta entre mis pechos y los acaricia antes de agacharse para llevarse uno de ellos a la boca.

Nunca miraré esa carta de la misma forma. Hemos elevado el juego a un nivel sexual que no esperaba.

Lo miro jugando con mis pechos. Meto mis manos por su tórax y juego con su vello rubio.

Me muerdo el labio por el placer.

Cam se alza y busca mis labios al tiempo que tira de mi ropa interior.

Le ayudo a quitarme la prenda, y lo siguiente que noto son sus manos en mi sexo, tocándolo, acariciándolo... como sabe que me gusta. Como dos personas que descubren el sexo y experimentan en el otro sus mayores placeres.

Que lo recuerde tras tantos años me emociona.

Es como un músico que, tras tiempo sin tocar un piano, recuerda de memoria qué teclas tocar para lograr la melodía perfecta.

Mete un par de dedos en mi interior.

Yo ahora mismo siento que no podré aguantar más.

—Cam... —le imploro.

—¿Estás segura? —Asiento y busco en mi mesita un condón—. No tiene que pasar nada...

—Quiero que pase todo contigo de nuevo.

Asiente y se quita la ropa para ponerse la protección.

Se acerca y me mira a los ojos al tiempo que su sexo acaricia mi entrada.

—Mi dulce Copi.

Pongo mala cara y se ríe. Acaricio su risa entre mis dedos.

—No creí estar así contigo de nuevo.

—Yo tampoco.

Sin dejar de mirarme a los ojos, se adentra en mí. Su cuerpo se pega al mío como una segunda piel.

Nos abrazamos con fuerza cuando entra del todo.

Me invaden sentimientos encontrados y, por culpa de todos ellos, mis ojos se llenan de lágrimas que Cam seca entre besos.

Busco su boca y lo beso al tiempo que me muevo para sentirlo más adentro si cabe.

Entra y sale de mi interior y rodamos por la cama, hasta que acabo sobre él y apoyo mis manos en su pecho.

Me alzo para caer de nuevo.

El placer es muy intenso... Sus manos en mi cintura me queman un instante antes de subirlas a mis pechos para acariciarlos.

Su mirada no pierde detalle de mí. Me siento más hermosa y poderosa que nunca.

Nos giramos y queda sobre mí otra vez cuando siente que estoy a punto.

Esta vez lleva el control y juntos caemos en el poderoso orgasmo que me roba su nombre y nuevas lágrimas que una vez más no puedo contener.

Su abrazo lo esperaba casi más que todo lo demás.

Me refugio entre sus brazos y lloro por todo lo vivido desde que estuvimos la última vez así. Por todas las veces que, para olvidarlo, lo busqué en otros; por todos los errores de los que me arrepentí cuando entre lágrimas me di cuenta de que no era capaz de olvidarlo.

Lloro porque llevo años buscándolo en cada mirada, en cada beso, en cada «te quiero» pronunciado por otros labios.

Capítulo 18

CAM

Me despierto con Blanca entre mis brazos. No he conseguido dormir mucho porque, cada vez que lo hacía, veía un pasado donde estar con ella era una realidad, un pasado donde nada me importaba.

Ahora sé hasta dónde puedo llegar y eso hace que lo que vivo se vea empañado por una niebla oscura que lo nubla todo, que me impide dejarme llevar.

Acaricio su espalda hasta que se remueve y alza la cabeza para mirarme con sus somnolientos ojos verdes.

—Buenos días. —Su sonrisa arranca la mía.

—Buenos días, dormilona. Son casi las diez de la mañana.

—¡En serio! —Se incorpora en la cama con el pelo despeinado y la sábana marcada en la cara.

—¿Tienes algo qué hacer?

—No... —Se vuelve a tumbar sobre mí y me abraza—. Y estamos solos, así que no tenemos prisa para nada.

—¿Y en qué estás pensando?

—¿En repetir? —dice subiendo sobre mí.

—No me parece mal plan. —Blanca se ríe y se baja para besarme.

Sus besos son más urgentes que los de ayer. Desatan mi deseo y me llevan al límite, ansiando más y más.

Rodamos por la cama entre besos y caricias.

Bajo mis besos por su cuello y me pierdo en su perfume, en ese lugar donde está más concentrado. Llevo mis manos a sus pechos y noto como se endurecen bajo mis atenciones. Llevo hasta ellos mi lengua y los lamo, los chupo, los disfruto... Ella es perfecta en todos los sentidos y sus gemidos me vuelven loco, y me hacen desear provocarle más y más fuertes.

Busco un condón en su mesita y me lo pongo con rapidez antes de meterme dentro de ella.

Blanca se muerde el labio antes de empezar a moverse para provocar mis embestidas.

Entro y salgo de ella sintiendo un sinfín de calambres.

Cojo su cara entre mis manos para besarla al tiempo que mi cuerpo colma el suyo de atenciones.

Su orgasmo arranca el mío y juntos damos rienda suelta a nuestro placer en los brazos del otro.

Al acabar, la abrazo con fuerza. Era lo que más le gustaba, y nunca se lo reconocí, pero a mí también.

* * *

Estamos preparando algo de comer en la barbacoa eléctrica del jardín, tras habernos dado un baño.

Blanca tiene cara de cansada, pero la conozco y está muerta de hambre, y eso le puede más.

—Estás muy sexi con el delantal —me dice mirándome con deseo.

Solo llevo el delantal y el bañador. Ella sí se ha puesto un vestido playero azul que le queda muy bien.

—Tras tres asaltos... ¿aún tienes ganas? —bromeo, aunque yo también tengo ganas de ella.

—De ti, siempre, pero que no se te suba a la cabeza.

Tras nuestro despertar sexual nos levantamos para darnos una ducha y, al final, acabamos por hacerlo otra vez antes de terminar el baño.

Con ella me olvido de todo salvo de desearla una vez más.

Terminamos de hacer la comida y nos la comemos en la zona de sombra del jardín. Como porque tengo hambre, pero no puedo dejar de mirarla. Al final, acabo por lanzarle un pedazo de pan cuando la veo distraída.

Lo coge y me lo tira a la cara.

—¿En qué piensas?

—¿La verdad? —me pregunta seria.

—Siempre.

—Me da miedo enamorarme de ti otra vez. Tú te irás de nuevo... y yo no sé si podré reponerme.

—No puedo quedarme.

—¿Por qué? No es que te ame ni nada de eso..., pero si existe un porqué, quiero saberlo.

—Quiero que seas feliz, Blanca, que tengas todo lo que deseas y, para tenerlo todo, yo no puedo ser parte de tu vida.

—No lo entiendo, Cam.

—Yo tampoco entiendo por qué temes perderte. Eres una de las personas más fuertes que conozco.

—La verdad te haría mirarme con otros ojos... Caí muy bajo.

De sus ojos sale una lágrima. Me acerco para secársela cuando de repente me asoma un recuerdo.

En mi mente siento que lloraba lágrimas de despedida... Me levanto cuando me invade la angustia de saber que esto que siento es por mi accidente. Hace meses que no recuerdo nada, que no lo intento..., que he asumido que lo que pasó me cambió y hay que superarlo.

¿Por qué lloraba? ¿Acaso me iba a suicidar de verdad? El sentimiento que tengo ahora es que yo sabía que me iba a matar.

—¿Cam? —Blanca se pone ante mí y me pone las manos en las mejillas—. Vuelve a mí.

—Yo sabía que ese accidente me mataría... ¿Cómo lo sabía si no era cosa mía?

—Cam, no sé qué pasó, pero algo sí tengo claro: tú no te matarías si eso hace infeliz a alguien. Así que ocurrió otra cosa. Algo que ignoramos.

—¿Por qué estás tan segura?

—Porque piensas que has cambiado, y al principio sí vi en ti cosas que eran diferentes, pero, al mirarte a los ojos, veo a mi Cam. Cada parte de ti la conozco, y las nuevas las entiendo y aprendo a disfrutarlas. No eres tan diferente y no es malo no cambiar o aceptar que, aunque antes eras un poco carca, eras nuestro cascarrabias obseso del control. Todo eso eres tú, así que no, no te ibas a suicidar. Ese día pasó otra cosa.

—¿Y si lo que pasó es tan grave que prefiero vivir en la ignorancia?

—La verdad nos hará libres, Cam; que no te dé miedo descubrirla, sea cual sea. Yo estaré a tu lado.

—Eso si no te he alejado de mí...

—Para que sea feliz y lo tenga todo, lo pillé antes. ¿Y si tú lo fueras todo para mí?

—No puedo serlo, Blanca, porque yo también te conozco mejor que nadie y sé qué deseas y yo no te lo puedo dar.

—No lo entiendo, Cam...

—¿Lo dejamos aquí? Necesito distraerme... ¿Cine y palomitas a montones?

—Acabamos de comer... Umm... Vale. Yo elijo la película. —Asiento y la abrazo—. Todo irá bien.

Una parte de mí sabe que no, que cuando descubra qué pasó, todo cambiará.

BLANCA

La película es una comedia, y las palomitas, dulces, que son las preferidas de Cam.

Media película nos la pasamos entre besos y caricias, y la otra media no me entero de qué va porque estoy más pendiente del rubio que tengo a mi lado. Cuando acaba la película, no sé si me ha gustado o no, pero sí que Cam me encanta en todos los sentidos.

Nos quedamos solos en el cine y, al mirarnos, sonreímos. Parecemos tontos, o dos enamorados...

Aparto la mirada y salgo del cine recordándome que no debo amarlo de nuevo, que solo está de paso en mi vida. ¿Cómo se endurece un corazón con escudos que solo una mirada suya derrite? No sé cómo hacerlo...

Andes de montar en su coche, veo a un hombre con una cámara haciéndonos fotos. Su forma de mirarme con el objetivo me trae amargos recuerdos. Recuerdos de un pasado que cada día me empeño en olvidar. Me mira a los ojos y me pone nerviosa. Al ver que lo miro, se hace el tonto y se marcha dejando en mi la angustia. Se lo digo a Cam.

—Lo mismo te hace fotos porque tu padre es el alcalde —me dice Cam—. O solo está haciendo fotos a la fachada del cine.

—Sí, no sería la primera vez que salgo en la prensa o que me presionan con fotos... —Me callo porque estoy revelando demasiado.

—No lo entiendo.

—Tonterías.

—No lo creo, pero entiendo que no me lo quieras decir.

—Es algo duro de mi pasado. Algo que quiero olvidar y verlo me lo ha recordado. —Acaricia mi mejilla.

—Debe de ser importante porque te has quedado pálida. Me gustaría saberlo.

—Te lo contaré pronto... No quiero que más secretos nos separen.

—Me encantará escucharlo. —Me da un dulce beso y sé que debo reunir la fuerza para contárselo cuanto antes.

Nos vamos de vuelta a la casa y no puedo dejar de mirar cómo conduce. Aunque tuvo un arranque de ir un poco contra todo, ahora vuelve a ser quien era y sigue todas las señales al dedillo.

Aparca cerca de casa y, antes de entrar, veo el coche de Luke con el que han ido de viaje mis amigos.

Entramos y observamos que Luke y Roy están jugando al billar, mientras Peyton y Emily están en el salón con cara seria.

—Hola a todos —los saludo, y Cam hace lo mismo.

Sube a su cuarto para dejar sus cosas y yo voy hacia donde están mis amigas.

—¿Y esas caras largas?

—Las ex de Luke —dice Peyton entre dientes—. Sé que tiene un pasado, que se ha acostado con más de una..., algo que no quiero saber, pero ir de fin de semana con tu pareja a un sitio donde la recepcionista sea una de sus excompañeras de cama y que no pare de hacer comentarios sobre lo bien que lo pasaban juntos no es agradable.

—¿Y Luke qué te ha dicho?

—Que no es su culpa y que me mire los celos.

—Y se han mosqueado —apunta Emily—. En vez de un fin de semana del amor, ha sido uno del horror.

—¡Es que no son celos! —grita Peyton—. ¡Esa tía te estaba tirando los trastos en mi cara!

Luke no le responde y solo la mira como diciendo: «¿De verdad, Peyton, que no son celos?».

—No lo soporto. Me marcho a mi habitación.

La seguimos y, antes de entrar, recuerda que su cuarto es el de Luke y se va directa al de Ronnie.

—No es bueno que os enfadéis —le digo al sentarme en la cama, al igual que ellas—. Luke no puede evitar tener un pasado.

—Ya, pero no soporto que ese pasado esté ahí moviendo su culo delante de él y se muerda el labio de manera sugerente. Él solo sonreía sin decir nada.

—A lo mejor Luke quería provocar tus celos —señalo.

—No, y a mí me encantaría tener un pasado de tíos en mi cama y que supiera lo que jode mirar a alguien que sabe cómo es.

—¿Qué es lo que te pasa en verdad? —pregunto.

Toma aire.

—Luke últimamente vive para el trabajo. Está obsesionado con ser el mejor... Este viaje era para que se despejara, para hacer algo que no fuera lo mismo de siempre y, en vez de eso, ha estado mandado correos a su secretaria y hablando con su jefe varias veces. La guinda ha sido la chica esa insinuándose. Estaba tan centrado en su trabajo que ni le daba importancia y, cuando le digo que me molesta, me dice que me mire los celos.

—Un poco celosa sí estabas —comento.

—No son celos, es miedo a que se haya cansado de mí y por eso ahora vea hasta gracioso que le tiren los trastos. Tal vez por eso pasa tanto tiempo en el trabajo. Tengo miedo a perderlo.

Peyton me mira preocupada. Hay quien piensa que cuando llevas con una persona casi tres años, las cosas ya son serias y el miedo a perderlo se ha ido, pero no es así. Amar es vivir con el constante miedo a perder.

Nos abrazamos las tres y caemos en la cama.

—¿Y tú qué tal con Cam? —pregunta Emily—. Antes de subir a su cuarto te echó una mirada de esas que derriten hasta un iceberg.

Las dos me miran y yo sonrío como una tonta.

—Nos hemos acostado. —Gritan y les digo que se callen—. Solo es sexo..., pero cada vez que lo miro, derrite mis escudos y recuerdo lo que era amarle. No sé qué hacer.

—¿Y tan malo sería intentar estar juntos? Se nota que hay algo sin terminar entre los dos —comenta Emily.

—Cuando lo dejamos..., me destruí o casi lo hice. Y Cam dice que existe una razón por la que nunca estaría conmigo de nuevo, porque me lo desea todo y él no puede ser ese todo. No entiendo qué quiere decir.

—Si no lo sabes tú que lo conoces mejor que nadie... —apunta Peyton—. A ver qué pasa, porque el amor no se puede detener, por mucho que lo intentes o quieras creer que tienes el control de la situación. Yo me acabé enamorando del idiota de Luke —afirma entre morros porque está enfadada, pero sus ojos dicen lo mucho que lo ama—. No soporto estar enfadada con él, la verdad, pero me sobrepasa todo. Ni siquiera hace el intento de arreglar las cosas. Espera que yo vaya..., pues va listo. Esta noche pienso dormir aquí.

—Esta cama ha visto demasiadas cosas... —dice Emily.

—Podemos dormir las tres en mi cama.

—¡Genial! —dice Emily, y Peyton asiente.

Se van a preparar con los pijamas y yo me pongo el mío, para bajar a por algo de cenar a continuación.

Voy junto a los chicos.

Cam se ha unido a ellos en el billar y al verme me sonríe, guiñándome un ojo de forma cómplice.

—Os informo de que las chicas van a dormir y cenar en mi cuarto.

—¿Y a qué se debe mi castigo? —pregunta Roy divertido.

—Tú no estás castigado. Luke, sí, por no entender a Peyton.

—Sí la entiendo —dice el aludido—. No puedo cambiar mi pasado ni manipular a la gente para que no sea como es. ¿Qué culpa tengo?

—Si trabajaras menos y te fijaras más en lo que sucede a tu alrededor, tal vez lo verías.

Me mira serio.

—¿Es por el trabajo? ¡Venga ya!

—Luke, si no te das cuenta de que, si te centras solo

en el trabajo, perderás tu vida, no seré yo la que te abra los ojos. Yo te doy un consejo de amiga. Tú haz lo que te dé la gana.

—Hazle caso —me apoya Cam—. El trabajo no lo es todo.

—Es fácil decirlo cuando puedes tomarte la libertad de trabajar o no porque tu padre te asegura un puesto de trabajo. No todos tenemos la suerte de tener un padre rico.

—Te has pasado, Luke —le digo seria.

Luke se pasa la mano por el pelo oscuro y se da cuenta de que se está liando cada vez más la cosa, por lo que se marcha de casa dando un portazo.

—¿Sabes qué le pasa? —pregunto a Roy.

—Sé que quiere hacer algo y para eso necesita dinero. No se ha parado a pensar que también necesita tiempo. No le hagas caso con el comentario —le dice a Cam.

—Tiene razón —responde este—. Pero mi padre también lo ayudaría, a él o a ti, si os hiciera falta un trabajo o dinero. Eso no os hace menos válidos en la vida. Por si no lo sabes, hace años que mi padre no me costea nada, desde que empecé a trabajar para él con quince años. Todo lo que hay en mi cuenta bancaria me lo he ganado trabajando.

—Eso te honra. Lo dicho. No le hagas caso a Luke. ¿Jugamos? —pregunta, y Cam asiente.

—Me recuerdas a mí excusando a mi hermano cuando se le iba la pinza.

—Para eso están los hermanos, para apoyarnos —responde Roy.

Cam asiente.

—Ahora vengo —dice cuando ve que voy a la cocina—. ¿Todo bien? —me pregunta atento—. Te noté preocupada.

—Hay algo de mi pasado que Peyton no sabe..., y verla así me ha hecho preguntarme si, de saberlo un día, nuestra amistad cambiaría. Y está relacionado con lo que nos ha pasado esta tarde... Siento que si retraso más el contártelo nos estallará en la cara y no quiero eso.

—¿Te acostaste con Luke? —pregunta directo.

Me quedo paralizada por cómo lo ha captado en seguida y siento que me falta el aire. Cometí ese error cuando no era yo misma. Cuando estaba tan rota que me daba todo igual.

—Sí —reconozco—. Fue cuando... cuando ni sabía lo que hacía. Éramos amigos, compartíamos... cosas... No sabes cómo me arrepiento.

Cam tira de mí hacia el jardín.

—Cuando dices que compartíais cosas y que no sabías lo que hacías, ¿te refieres a drogas? Sé del pasado de Luke y tú has dicho muchas veces que cuando te dejé te perdiste. No hace falta ser muy listo para saber dónde pudo estar esa perdición.

Mi corazón se dispara.

El pasado me golpea en la cara, todos los errores. Los que he querido olvidar. Porque recordar que fui así no me gusta y me mata el pensar que cuando Cam me deje me perderé tanto que puedo destrozarme la vida.

Me hace sentir débil como persona.

—Es lo que pasó cuando acabamos, Cam. —Noto que me cuesta hablar—. No podía vivir sin ti... y necesitaba algo que me diera fuerza para hacerlo. Mis amigos las tomaban y empecé a tontear con las drogas. —Cam se tensa—. Luke y yo nos conocimos más por aquel entonces. Él era quien me pasaba la droga. Una noche...

nos liamos. Nadie lo sabe..., bueno, Roy creo que sí, y tal vez alguien más —digo recordando algo—. Cuando empezó con Peyton, le pregunté que si quería que se lo contáramos y me dijo que no, por mí, porque Peyton tal vez me apartara de su lado. Porque sabía que para mí era importante su amistad. Sabes que siempre me ha costado hacer amigas. Luke no me quería quitar eso, porque tristemente no me sobran los amigos. Lo hizo por mí... y he tratado de olvidarlo. Y vivir con ese pasado horrible del que me arrepiento.

—¿Y por qué me lo cuentas ahora?

—Ha sido por la mierda del fotógrafo de esta tarde...

—¿Qué tiene que ver el fotógrafo aquí?

—La noche que me lie con Luke, me hicieron fotos drogándome con Luke en el callejón. Me amenazaron con contarlo todo si no hacía algo a cambio.

—¿Y qué te pidieron? —Su voz es dura.

—Mucho dinero. Se lo robé a mi padre y, cuando les pagué, fui consciente de hasta dónde estaba metida de mierda. Fue cuando busqué ayuda para salir de aquello antes de que fuera tarde. ¿Ves adónde me llevó no saber vivir sin ti? ¿Por qué me ha costado admitir que te deseaba?

—Sí, y si me lo estás contando es por algo..., porque tienes miedo de perder a Peyton si se sabe. Y porque me quieres alejar de ti...

—Sí, porque yo no puedo hacerlo. Te miro y me quiero tirar de cabeza a lo que siento por ti.

Me mira con tristeza en los ojos.

—¿Qué quieres que haga, Blanca?

Lo abrazo con fuerza.

—Quiero pedirte que te vayas, que me dejes sola...

—se me corta la voz ante la idea de perderlo—, pero no puedo porque, aunque no quiera, aunque lo intente con todas mis fuerzas, siempre he estado enamorada de ti. Nunca te he olvidado, Cam —digo sobre su pecho—. Quise creer que podía controlar el volver a amarte, sin aceptar que en verdad siempre te he amado.

Cam tiembla entre mis brazos y me abraza con fuerza.

—Si me alejo, no es porque no sienta algo por ti —me dice—. Lo mejor será que me marche...

—¿Y si te quedas un poco más? Solo un poco más...

—¿Ahora que sé que tal vez cuando me aleje acabarás destruida?

—Quiero creer que no soy esa persona, que aprendí de todo aquello..., pero no lo sé. Por eso te lo he contado, porque temo no haber cambiado y sé que tú no me quieres en tu vida.

—Sí te quiero en mi vida, Blanca, pero no puedo ser tu novio... ni puedo ser nada más.

Sus palabras me duelen. Son como estacas en mi pecho.

—Dime por qué... Lo merezco.

Cam duda y al final se separa.

—No puedo, porque si te lo digo, tal vez no le des importancia; tal vez ahora no la tenga, pero en un futuro puede ser nuestra soga como pareja.

—Creo que todo se reduce a que no me amas. Si me quisieras, lucharías por mí. Tal vez nunca me quisiste, pero siempre fui para ti alguien especial. —Cam no dice nada y temo que se marche ya. Estoy aterrada—. No te vayas. No lo hagas aún. No estoy preparada para decirte adiós ahora. Creía que sí, pero no.

—¿Y lo estarás algún día? —Asiento—. No lo creo.

—Por favor... —Cojo su mano—. Un poco más. —Noto lágrimas en mis ojos y Cam las seca.

—Me querías lejos de ti y ahora no. ¿Qué hago contigo, Copi?

—Soportarme un poco más —digo con una sonrisa.

—Solo un poco. Luego me iré de tu vida como amante, pero no como amigo. No te quiero lejos de mi vida.

Asiento y me alzo para besarlo. No sé en qué pensaba cuando se lo he contado todo... Tal vez al decir en alto a mis amigos lo mío con Cam, lo vi tan real que me asusté, y sabía que contarle mi pasado lo alejaría.

Un pasado que quiero olvidar cada vez que miro a Peyton, porque sé que, de saberlo, lo nuestro cambiaría para siempre. Ellas no saben que yo me vine a esta casa porque Luke y yo, tras todo aquello, tras ser mi camello, se sentía culpable, y cuando supo que buscaba casa, me ofreció la suya. Aunque fueron momentos oscuros para los dos, nos hicimos amigos.

La gente piensa que estoy aquí por Roy, pero en verdad es por Luke y por un pasado que solo él conoce..., y ahora Cam.

Capítulo 19

CAM

Estoy revisando unas cosas en mi despacho sin poder dejar de pensar en lo que Blanca me contó. En cómo usó las drogas para olvidarme. Que se acostara con Luke me molestó, pero es parte de su pasado y de su vida. No puedo echarle en cara que estuviera con quien le diera la gana cuando yo la dejé. Sigue siendo mi Blanca, y con quién estuviera no lo cambia..., pero saber que se metió en las drogas, alguien a quien considero tan fuerte, me hace sentir responsable.

Llevo toda la noche pensando en alejarme. En irme antes de que sea tarde. Si me quedo es porque, aunque no se lo reconocí, y tal vez nunca lo haga, nunca he dejado de amarla. Era más fácil llamar «deseo» a algo que en verdad siempre ha sido amor.

La puerta de mi despacho se abre y entra mi hermano.

—Qué mala cara tienes —me dice al acercarse—. ¿Todo bien? —me pregunta sincero.

Lo miro a los ojos. No recuerdo la última vez que hablamos, que le conté algo que me preocupara, que, en vez de cuidarlo, fui su amigo también.

—No, nada está bien. —Colin se sorprende, tal vez no tanto como yo por dejar de parecer imperturbable o que puedo con todo.

—Vale. ¿Nos tomamos un café y me lo cuentas? Aún queda una hora hasta que empiecen a llegar los trabajadores, y el trabajo siempre puede esperar.

Su respuesta y su actitud me hacen darme cuenta de que no lo conozco en verdad. En mi cabeza hay un Colin irresponsable, pero este de aquí me concede su apoyo y comprensión.

—Vale. Me apunto a ese café —cedo, y Colin sonríe. Así de fácil.

Colin va hacia la cafetera de mi despacho y prepara dos cafés. Nos sentamos en los sofás que hay para visitas y espera a que hable.

—No sé por dónde empezar...

—Por el principio. Siempre he estado ahí para escucharte, pero tú creías que podías con todo solo —me dice.

—Creía que estabas enfadado conmigo por lo que pasó...

—No me enfadé, Cam. Me molestó que me trataras como si fueras mi padre, no mi hermano. Como si te creyeras mejor que yo.

—Yo creía que te jodió que no te ayudara a esconder tu mierda.

—Sí, pero no. Necesitaba a mi hermano, que me ayudaras... No que me ayudaras chivándote y te despreocuparas. En vez de ayudarme, le dejaste el marrón a otro y me di cuenta de que no te importaba tanto.

Solo lo hacías para salvar tu conciencia y que todo fuera perfecto para ti.

—No lo hice por eso... o sí... No lo sé. Pensé que era lo mejor. Cuando te vi agresivo con Peyton, me asusté porque no te reconocí y se lo dije a nuestro padre. Lo siento si te sentó mal, pero me importas.

—Y tú a mí, Cam. Yo también te puedo ayudar. Para eso están los hermanos. Siento decírtelo, pero no eres perfecto —me pica, y me río pese a todo.

—Ahora lo sé. Antes no lo creía, pero luchaba por serlo en todo.

—Para que papá no nos dejara... —me dice, y me sorprende—. Lo sé todo, Cam. Soy tu hermano. Yo me comporté como un malcriado y tú como un chico responsable, pero nos unía lo mismo: el miedo a quedarnos sin papá.

—Sí, perder a mamá así... me destrozó —reconozco.

—A mí también, pero yo lo mostraba. Tú no. Hasta llegué a pensar que no te importaba perderla. Ahora sé que no fue así.

—La quería, y la esperaba..., pero no lo decía. No sabía expresar lo que sentía por miedo.

—Ahora lo sé. Joder, creo que esta conversación la tendríamos que haber tenido hace tiempo.

—Nos parecemos en lo de cabezones.

Colin se ríe.

—Tengo muchas cosas que contarte, y quiero saber muchas cosas de ti. Ahora dime qué te preocupa.

—Blanca... Estoy enamorado de ella.

—Bien, eso ya lo sabía —me responde sobrado—. ¿Y ella de ti? —Asiento—. Siempre creí que era tu pareja perfecta. No sé por qué la dejaste. No creo que te fuera infiel...

—No lo fue. Lo usé como excusa para alejarme de su lado.

—¿Y cuál fue la verdadera razón?

—Que Blanca quiere tener hijos. Ella hablaba de cómo serían mis hijos. Si tendrían mis ojos..., mi pelo rubio. Para Blanca tener un hijo con la persona que ama era como dar vida al amor. Hacer que la parte más perfecta de los dos se acabe llamando hijo. Muchos..., ser una familia numerosa..., y yo tal vez sea estéril. Quizá nunca pueda saber lo que es ser padre. Ver en los ojos de otro los míos, o dar vida a una parte de mí.

—Tal vez, Cam.

—Las posibilidades de que no lo sea son mínimas.

—Mira, Cam... Antes buscaste una excusa para no estar con ella y ahora buscas otra. Ella puede ser madre de mil formas. Puede tener hijos sola, y tú ser su padre. La sangre no hace los lazos, y podéis adoptar... Hay mil formas. Si no quieres estar con ella por eso, pregúntate si no es una excusa por algo más gordo, porque ella tiene derecho a elegir. Si te elige a ti, juntos encontraréis la forma de ser felices. Y además, tendrás sobrinos a los que adorarás y seguro que serán como tú, un mini Cam con todas sus manías. Tú has hecho que esta razón sea más grande de lo que es. Porque sé que Blanca, de poder elegir, te elegiría a ti y buscaría la forma de formar vuestra familia perfecta. Si por esto la dejaste, me parece una estupidez. Tiene que haber otra razón.

—No hay otra razón...

—Sí la hay, pero tal vez no la hayas visto.

No digo nada. No creo que haya nada más.

La puerta de mi despacho se abre y aparece nuestro padre, al que, al vernos juntos tomando café, se le iluminan los ojos.

—¿Habéis enterrado el hacha de guerra? —pregunta preparándose un café para él.

—Eso parece —digo—. No somos tan diferentes.

—Y, aunque así sea, los polos opuestos se atraen —indica mi padre emocionado—. Los dos sois muy cabezotas... Como yo, claro. Pero al final siempre encontramos el modo de luchar por quienes queremos. —Se toma el café de un trago, que no sé cómo no le quema la garganta, y lo deja en la mesa—. Y ahora, a trabajar. No os pago por charlar —bromea.

Asentimos y nos levantamos, y nuestro padre aprovecha para abrazarnos con fuerza.

—Te sacamos una cabeza —dice Colin.

—Seguís siendo mis pequeños —asegura nuestro padre—. Y lo dicho... A mover el culo, que tenemos mucho que hacer.

Vamos a mirar unas cosas de trabajo y, de vuelta a mi despacho, sé que Blanca ya ha llegado. Es como si lo sintiera en cada parte de mi ser.

Alzo la vista y ahí está, mirándome desde la puerta que comunica su despacho y el mío. Por su cara parece que esté viendo una aparición.

—¿Esperabas que me hubiera ido?

—Entré a tu cuarto, estaban tus cosas..., pero tenía mis dudas.

Le tiendo una mano y viene hacia mí. Cuando está cerca, tiro de ella y me abraza.

—Aún sigo aquí —afirmo, y pienso en lo que me ha dicho mi hermano, en si existe una razón más fuerte para mis excusas, para no creer en lo nuestro.

—De momento, sí.

Se alza y me da un beso en los labios que me sabe a

poco y por eso cojo su cara entre mis manos y me deleito en ellos.

—Y ahora, a trabajar. —Le guiño un ojo antes de separarnos para empezar nuestra jornada de trabajo.

El trabajo nos va bien juntos, y cuando le comento en qué ando, le entusiasma tanto como a mí.

—Voy a hablarlo con mi padre y mi hermano, y si me dan el visto bueno, empezaremos a moverlo.

—Seguro que te dirán que sí.

Me marcho a una reunión que me ocupará casi todo el día. Le digo a Blanca lo que necesito que haga y nos despedimos con un inocente beso en la comisura de la boca por si hay mirones cerca.

Al terminar la jornada laboral y llegar a casa, veo a Peyton con un ramo de flores silvestres entre las manos y a Luke con un juego de llaves en la otra.

—Trabajaba tanto para poder pagar la señal de nuestra casa..., pero como no me dejas que te dé sorpresas y odio verte triste, he tenido que contártelo antes de tiempo.

—Luke, yo... —Peyton se tira a los brazos de su novio—. Te quiero, te quiero mucho... ¿Y cuál es? ¿La que me gustaba?

—¿Podía ser otra que no fuera esa?

Peyton se pone a reír y a llorar de la emoción.

Subo las escaleras y me marcho a buscar a Blanca. La encuentro en su habitación con los cascos puestos, escuchando música y escribiendo algo en una libreta.

No puedo hacer otra cosa que mirarla.

Lo hago memorizando cada parte de ella como el que sabe que habrá un momento en el que solo estará en el recuerdo.

Alza la cabeza y me mira. Me sonríe con amor y yo hago lo mismo.

—Me cambio y podemos hacer la cena.

—Me parece bien.

Me marcho a mi dormitorio, necesito un instante para mí, para no derrumbarme..., y una vez más pienso si es posible un mundo donde podamos estar los dos, donde mis excusas no nos separen..., pero sigo creyendo que debo irme, aunque ese día no será hoy.

* * *

Estoy en la casa de mi padre. He venido a por mi moto. Llevo muchos años sin revisarla. Tal vez no funcione ni aunque le eche la gasolina que he traído en un bote. En cuanto se la echo me subo sobre ella para arrancarla.

Funciona y su ruido me trae cientos de recuerdos.

Me pongo el casco tras coger otro de repuesto y me marcho con ella de casa. Sé que dije que no quería nada de mi padre, pero esta moto es mía y es especial. Tras tantos años sin usarla, este es el momento.

Voy hacia mi casa y mando a Cam un mensaje desde la puerta para decirle que salga a la calle. Al poco sale vestido con unos vaqueros.

—¡Tachán!

—¿La has recuperado?

—Sí, y quiero dar una vuelta contigo. ¿Vienes?

—Por supuesto. —Se acerca y me besa de una forma que hace temblar mis piernas—. ¿Estás mejor sobre lo que me contaste?

—Sí, pero he vuelto a ver a otro fotógrafo cerca. Siento que algo malo va a pasar.

—No tiene por qué. Tal vez no encuentren nada y se cansen de ti.

—O les encante mi viaje en moto, publiquen eso y me dejen en paz. Cada vez que los veo recuerdo lo que hice.

—Lo tienes que hablar con Peyton y así podrás pasar página. —Asiento—. Sabes que te apoyaré. —Me da un ligero beso antes de coger el casco que traigo para él.

Es el mismo que le dejaba hace años. Verlo con él puesto me recuerda a cómo éramos antes. A lo mucho que me gustaba hacer locuras con él.

—Me gustaba hacer esto contigo porque era mi forma de pervertir al perfecto Cam. —Me observa y se ríe.

—Puedes pervertirme todo lo que quieras. —Me guiña un ojo.

Subimos a la moto y me abraza por detrás. Hemos compartido horas de besos y cama y, sin embargo, es como si cada vez que nuestros cuerpos se tocan fuera la primera.

Saber que Cam tiene pensado irse me angustia. Él piensa que tiene una razón sólida para alejarse de mí, yo en sus ojos he leído que es una excusa. Siento que la única razón es porque, si me quisiera de verdad, no encontraría razones para no luchar por mi.

No puedo forzarle a que me ame, por eso tal vez solo tenga estos instantes a su lado, que serán como nuestra despedida.

Conduzco hasta que Cam me pide que se la deje. Me bajo y soy yo la que lo abraza. Me encantaba perderme en moto con él.

Cam conduce hasta un bosque y se mete en un camino de tierra hasta parar cerca de un precioso arrollo.

Bajamos y dejamos los cascos en la moto.

—¿Sabías de este lugar? —le pregunto mientras me quito los zapatos para remojarme los pies.

—En uno de mis viajes, un compañero de trabajo me habló de él, estuve investigando y hoy me ha parecido un buen día para venir.

—Aquí no hay *paparazzis*.

—No, eso seguro, me he cerciorado de que nadie nos siguiera y fueras libre.

Nos mojamos los pies y al final nos tiramos agua el uno al otro. Acabamos empapados entre risas y muchos besos.

Ahora estoy a horcajadas sobre él besándolo, perdida en el placer de su boca. Me separo y acaricio sus cejas rubias.

—Me encanta cada parte de ti, Cam. Hasta las nuevas.

—Yo no tengo muy claro cómo soy aún.

—Eres tú, hasta tus confusiones son parte de ti. —Lo piensa y asiente—. ¿Has recordado algo más del accidente?

—No, pero siento que algo importante se me escapa. A veces quiero no darle vueltas y dejarlo estar, otras siento que en lo olvidado existe una verdad que me aterra.

—Lo descubrirás a su debido momento.

—O tal vez nunca.

—Puede ser. —Lo miro a los ojos—. ¿Sigues pensando en alejarte de mí?

—No puedo evitar sentir eso.

—Solo quiero que sepas que entiendo que no sientas lo mismo, Cam. Y a la larga sabré vivir siendo solo tu amiga. Al menos esta vez no hay engaños, aceptemos que lo nuestro no puede ser y sigamos con nuestra vida.

—Sí... —Cam parece muy pensativo—. De momento sigo aquí un poco más.

—Al final voy a creer que te es imposible separarte de mis besos, y de mi cuerpo.

—Ahora mismo me cuesta mucho estar lejos de tu cuerpo y no imaginar cómo sería hacerlo al aire libre.

Me recorre un escalofrío.

—¿Y por qué no lo hacemos?

—¿Porque no tengo condones?

—Tomo la píldora y me hice análisis hace poco. —Lo miro a los ojos—. ¿Alguna excusa más?

—No, ninguna.

Sus besos entonces son demoledores. Me besa como si no existiera un mañana y tal vez para los dos no lo haya.

Noto sus manos tirar de mi ropa y coger mis pechos para acariciarlos.

Su cabeza baja por mi cuello y me muerde levemente donde sabe que me gusta. Lo hace antes de alzarme para llevarse mis endurecidos pezones a su boca.

Entonces me olvido de que estamos al aire libre. Solo quiero no perderme nada de lo que sucede entre los dos.

Apartamos nuestra ropa y bajo sobre su duro sexo para tenerlo dentro de mí. Al hacerlo y notarlo sin nada, mi placer estalla. Me encanta esta sensación y es como si hiciera el amor de nuevo por primera vez con él.

Pone sus manos en mi cintura y subo y bajo para intensificar nuestro placer hasta que el orgasmo estalla entre los dos y nos deja agotados.

Lo abrazo con tanta fuerza que temo hacerle daño, hasta que él me devuelve el gesto como si también temiera el instante en el que nos digamos adiós.

* * *

Hoy es viernes y voy andando al trabajo.

Al llegar a la oficina, veo a la gente mirarme y murmurar. Estoy llegando a los ascensores cuando de estos sale Cam, seguido de Colin con prisa. Al verme, Cam me tiende una mano para que lo siga de vuelta al ascensor.

—¿Qué pasa?

—Te lo explico en mi despacho —dice al ver que hay más gente en el habitáculo y que nos miran.

Lo observo tensa, preocupada...

Cam se da cuenta y, como seguimos cogidos de la mano, me acaricia por dentro.

Salimos en nuestra planta y vamos al despacho del padre de Cam, que nos espera hablando por teléfono enfadado.

—Hola, Blanca. ¿Cómo estás? —me pregunta.

—No lo sabe —informa Cam.

—¿Qué ha pasado? —pregunto sintiendo que los pies me fallan.

El padre de Cam mira la revista y Cam la coge.

—Han publicado unas fotos tuyas en la revista de cotilleos de la ciudad. Sobre tu pasado..., pero lo han usado como si fuera tu presente. Me temo que el fotógrafo que vimos sí te estaba siguiendo para pescar alguna cosa sucia y, al no encontrarla, ha removido cielo y tierra para esto.

—Cam... —digo tensa, y le pido la revista.

Me la da y veo en la portada la foto por la que robé a mi padre para comprarla, y así evitar que no saliera publicada. Debí imaginar que no las eliminaron todas. En ella salgo metiéndome una raya de coca, y en otra foto salgo con la espalda pegada a la pared, con Luke entre mis piernas. Como titular pone: «La hija del alcalde se lo monta muy bien. ¿Se puede confiar en un hombre que no sabe ni controlar lo que tiene bajo su techo?».

Me tiemblan los pies y me falla la respiración.

Cam me dice que respire, pero no soy capaz de hacerlo. No recuerdo cómo se hace.

Me duele el pecho y todo se vuelve negro...

* * *

Cuando me recupero, el doctor me está tomando la tensión y me mira con calidez. Estoy en el despacho de Cam, en su sofá.

—Me alegra ver esos bonitos ojos verdes —dice el hombre, y me examina—. Todo está bien. Ha sido un desmayo sin importancia. —Me guiña un ojo y se aleja para recoger sus cosas.

Busco a Cam con la mirada y lo veo al lado de mi padre.

—Papá, yo...

—Cam me ha explicado que son fotos antiguas.

—Porque, por una casualidad del destino, se lo dije hace poco...

—En las imágenes se te nota más joven —apunta Cam—. Quien lo sepa ver...

—La gente solo verá a una perdida, a una persona débil...

—Hija... —me llama mi padre—. No eres débil. Todos hemos tonteado con las drogas de jóvenes —dice para quitarle hierro, pero no era lo que esperaba oír—. Esto no llega en un buen momento para mi campaña, y ellos lo sabían. —Le suena el teléfono y se excusa para hablar.

Cam se sienta a mi lado.

—No eres débil, Blanca. Saliste de esa mierda sola y eso dice mucho de ti.

—Nunca debí caer... Ni hacer eso con Luke a plena vista... ¿Qué clase de persona soy? —digo con cientos de lágrimas corriendo por mis mejillas.

—Una persona que me encanta. —Me acaricia las mejillas y me besa al mismo tiempo que se abre la puerta y entra mi padre.

—Me tengo que ir a arreglar esto —dice con una sonrisa de disculpa.

—Claro —indico fría.

Mi padre no se acerca, no hace amago de acortar las distancias. Se marcha y me quedo fría por su encuentro. Entonces recuerdo algo.

—¡Peyton! ¡Me debe odiar!

—Eso no lo sabes.

—Llevo años guardando este secreto. Ha visto a su novio en plena faena conmigo. ¿Qué clase de amiga soy?

—Tranquilízate —me dice Cam—. Vamos a verlos y no des nada por sentado.

Lo preparamos todo para irnos.

Colin se interesa por mí y me da un abrazo de ánimo que no esperaba, pero que agradezco. El padre de Cam también me da ánimos, pero el resto de la gente que nos encontramos me observa como si fuera lo peor.

Cam los mira a todos de manera asesina y a más de uno le dice que se centre en su trabajo.

Llegamos a su coche. El camino a casa se me hace eterno.

Hoy Peyton no tenía que irse y sé que estará en casa.

Al llegar veo el coche de Luke, y eso es mala señal; quería haber hablado con mi amiga antes, pero Luke ha debido venir por las fotos.

Entramos y vemos a Peyton llorando con la revista en la mano gritando a Luke.

—¿Acaso no merecía saberlo?

—¡Esto fue hace años!

—¡Por eso mismo! ¡Porque si fue hace tanto tiempo, merecía saber que mi amiga había estado en la cama con mi novio! —Peyton me mira—. Merecía saber la verdad —me dice con la mirada más triste que he visto nunca.

—Lo siento —indico—. No quería perderte y Luke temía que me miraras raro, y por mí calló. Es todo mi culpa. Él no me quiso privar del placer de tener amigas.

—No quiero decir nada ahora mismo de lo que me arrepienta. Quiero estar sola.

Peyton se marcha y Luke la observa irse apenado.

—Lo siento, Luke...

—No es tu culpa. —Se acerca y me da un abrazo—. ¿Estás bien?

—No —confieso entre lágrimas abrazándolo con fuerza—. ¿Por qué no se puede huir de los errores?

—Porque, para bien o para mal, lo que somos ahora también se cimenta sobre ellos.

* * *

Les he pedido que me dejen sola un rato en mi habitación.

Sé que Cam anda cerca porque cada dos por tres llama a la puerta y me pregunta si estoy bien o necesito algo. Sinceramente, no esperaba esto de él; por menos, en el pasado, se alejó de mí. Sin imágenes dio por sentado que le era infiel, y ahora, en seguida supo ver que las fotos publicadas eran del pasado sin dudarlo, que yo le había contado lo sucedido. Sin embargo, tras lo que pasó hace años, no deja de sorprenderme que ahora sepa ver la verdad. Esto hace que me dé cuenta de lo mucho que ha cambiado.

Hemos madurado, o tal vez es que aún no ha decidido irse.

Tras darle vueltas a todo, he pensado que lo mejor es que me vaya a otra casa. Para Peyton no debe de ser agradable verme ahora.

Abro la puerta y veo a Cam venir hacia mí con algo de comer.

—¿Y esa maleta?

—Creo que lo mejor es que me vaya. Todo esto es por mi culpa...

—Blanca, no puedes pedir perdón por algo que hiciste hace años, cuando Luke y tú erais libres de hacer lo que os diera la gana.

—Pero soy culpable de callármelo y de que Luke no contara la verdad. Están enfadados por mi culpa.

—Están juntos en su lugar secreto —me informa Cam—. Luke ha mandado un mensaje a Emily para decirle que Peyton estaba bien. Seguro que lo están arreglando. La que me preocupas eres tú. ¿Cómo estás?

—No lo sé. —Cam deja la bandeja de comida en un mueble que hay en el pasillo y me abraza—. He odiado esa parte de mí desde hace muchos años y ahora todo el mundo la conoce... Me siento lo peor.

—No eres lo peor, Blanca. Saliste de esa mierda sola

y sin ayuda. Eres muy fuerte, porque supiste decir basta antes de tiempo.

—Soy débil por caer, Cam..., pero no tenía ganas de nada... Fue fácil decir que sí para olvidar.

Cam se tensa y luego me acaricia la espalda.

—Tú caíste en las drogas y yo en las garras de Carla. —Eso me hace sonreír—. Pero hemos salido de lo que nos hacía daño y somos más fuertes.

Asiento.

Escucho la puerta de la calle abrirse y a Luke hablar con Roy a continuación.

—Me quiero ir... —le digo a Cam.

—Blanca... —me llama Peyton al subir la escalera—. ¿Y esa maleta?

—Me marcho —señalo separándome del pecho de Cam—. Es lo mejor.

—No digas tonterías. Vamos a hablar como personas adultas, y guarda esa maleta.

—Estaré abajo. —Cam me guiña un ojo y se marcha con la bandeja de comida.

Entramos en mi cuarto y Peyton deja la maleta en mi armario.

—Me ha impactado verte así con Luke. Nunca lo había visto en esa tesitura y verlo con mi mejor amiga... ha sido raro. —Asiento y agacho la mirada. Peyton me alza la cara—. Me hubiera gustado saberlo, pero no puedo exigir saber cada parte de tu pasado o de la de Luke.

—Yo... lo siento. Nadie lo sabía, y contarte eso era explicarte que pasó cuando estaba tan puesta que si lo recuerdo es por esas fotos con las que me chantajearon hace años. Verme así me hizo reaccionar y buscar una salida.

—Siento que las hayan publicado ahora para hacer daño a tu padre. —Peyton me abraza y por fin me relajo—. Somos amigas y esto no lo va a cambiar.

—No sabes el peso que me quito de encima. Emily y tú sois mi familia.

—Sentimos lo mismo. —Me abraza con fuerza—. ¿Sabes quién ha podido ser?

—Llevo viendo a un fotógrafo perseguirme unos días. No ha debido encontrar nada y ha tirado de archivo... Ahí estaban las imágenes. Esa revista ya me chantajeó hace años para no publicarlas. Estaban empezando y necesitaban fondos. Me presionaron, pagué y se hicieron más fuertes. Ahora ya no me necesitan y tampoco deben de tener mucha moral si publican esto.

—O alguien les ha dado mucho dinero para que las publiquen y así hacer daño a tu padre.

—Sí, mi padre lo está arreglando... o está buscando una excusa para estar lejos de mí.

—¿Crees que pueden salir más cosas?

—Mías, no. Lo peor que he hecho ha sido eso.

Llaman a la puerta y, cuando decimos que pase, entra Emily. Me da un abrazo antes de preguntarme cómo estoy.

—Estoy mejor ahora que he hablado con Peyton.

—El que no paraba de estar pendiente de ti es Cam —me explica Emily—. Se nota que le importas.

—Sí, pero hay algo por lo que dice que no es perfecto para mí y por lo que se iría.

—¿Y es? —me pregunta Peyton.

—Yo creo que una excusa para no aceptar que no me ama —les digo con tristeza.

Nos quedamos un rato hablando hasta que decido

bajar para ver a mis amigos y cenar algo. Han venido también Ronnie y su novia, que, al verme, me abrazan. Ellos son mi familia. Todos ellos. Tal vez nunca he tenido lazos fuertes con mi padre, pero sí la suerte de encontrar personas a las que quiero en mi vida para siempre y son parte de mí.

Capítulo 20

CAM

Voy con Blanca de viaje exprés para ver a un posible cliente.

Hace una semana que pasó lo de la prensa. No quiso pedir días libres y fue a trabajar con la cabeza alta y sin que nadie notara cómo temblaba, salvo yo, que la estaba sujetando por la espalda.

Mucha gente la tacha de guarra, de perdida, de lo peor..., como si su vida fuera tan perfecta como para permitirse el lujo de hablar. Yo, que siempre he sido tan recto o he querido serlo, cada vez me doy más cuenta de que, aunque me guste hacer las cosas bien, no lo quiero ya todo perfecto en mi vida. Si te centras tanto en lo que debería ser o cómo deberían hacerse las cosas, te pierdes gran parte de la vida.

El padre de Blanca la llamó para ver si estaba bien; ella esperaba que se acercara para verla, que no se mostrara tan frío... Aunque Blanca diga que ya lo tiene asumido, no es así. Lo veo en sus ojos.

Entre los dos cada vez van mejor las cosas. Parecemos novios, aunque no es eso lo que somos y sé que es por mi culpa. Ahora, sabiendo cómo acabó Blanca cuando me fui, me pregunto si no debería irme antes de que eso pase de nuevo. No creo que recaiga en las drogas otra vez, pero sí que puede estar triste, y lo que quiero es que sea feliz.

Llegamos y vamos a la pequeña tienda de productos de comida ecológicos.

Revisando los archivadores, encontré que mi padre empezó la empresa ofreciendo sus envases a empresas pequeñas. Luego lo dejó de lado porque le daban mucho trabajo y las grandes le hacían ganar más dinero. A mí me gustaría cambiar esto; ofrecer los mejores servicios a la pequeña empresa o al pequeño comercio. Tal vez haya que trabajar más para lograr beneficios y las tiradas de envases sean menores, pero quiero hacerlo.

Desde que regresé a la empresa, es lo que más me motiva y tengo el visto bueno de mi padre y de mi hermano. Por eso Blanca y yo no dejamos de viajar buscando clientes nuevos.

Entramos y el hombre nos atiende encantado.

Se emociona con lo que le propongo. Lo veo en sus ojos.

Al final quedamos en que le pasaré presupuesto.

—Gracias por vuestra visita —nos dice antes de darnos una bolsa de comida—. Para que la probéis. Es la mejor.

Le damos las gracias y nos vamos con las bolsas de comida para ver a otro cliente de la misma calle. Al acabar, tenemos a otro posible cliente.

—Estoy hambrienta —dice Blanca abriendo en el coche la comida que nos dieron.

Hemos aparcado cerca de un parque. Hace mucho calor y hemos dejado el aire acondicionado puesto. El traje me molesta, por eso me quito la chaqueta y me arremango la camisa.

—¿Me vas a hacer un estriptis? —me pregunta juguetona.

—¿No tenías hambre?

—De ti, siempre —indica con una sonrisilla.

Me acerco y la beso. Un beso que nos deja con ganas de más, y me pregunto cómo un día podré vivir sin esto.

Al regresar a mi asiento, mi mente recuerda algo. Algo que no puede ser.

—¿Va todo bien?

—Sí, he imaginado cosas... Nada importante —digo porque el *flashback* que he tenido no pudo ocurrir.

Comemos y por la tarde vamos a dos tiendas más.

De regreso a casa le digo que quiero pasar por la de mis padres, justo cuando hemos llegado a la nuestra. Asiente y me da un beso antes de bajarse de mi coche.

Conduzco hacia la casa y, nada más llegar, voy al despacho de mi padre y busco las pruebas del accidente. No las he querido ver desde que ocurrió.

Cojo la carpeta entre mis manos, que me tiemblan. La abro y el grado de destrucción que contemplo me hace ser consciente de que no debería seguir vivo.

Paso las fotos y leo el informe detallado, donde indica que conduje a gran velocidad hacia la pared que había en una salida de la carretera.

Mi mente recuerda ese instante, cuando supe que me mataría, y noto la respiración acelerarse.

—Cam... —Colin, que no sé de dónde ha salido, se pone a mi lado—. ¿Estás bien?

—No —confieso ya sin miedo a decir cómo me siento a su lado—. Esto es horrible —digo al mirar las fotos—. Y he recordado algo que no tiene ni pies ni cabeza. Creo que tal vez mi mente se esté inventando lo que pasó. Tal vez por miedo a aceptar que traté de suicidarme.

—Pues entonces acepta que tal vez te quisiste quitar la vida, y tal vez, cuando lo hagas, veas la verdad.

—¿Y aceptar que os quise hacer tanto daño?

—Yo cuando me drogaba no era consciente del daño que os hacía, que mis tonterías os podían lastimar. Tal vez tú en ese momento no fueras consciente del dolor y solo pensaras en ti.

Lo miro y sé que tiene razón, que debo dejar de buscar excusas para explicar lo que parece más que evidente. Ese día, por alguna razón, yo quise dejar este mundo para siempre.

—Me hace sentir débil.

—Eres humano —indica con una medio sonrisa—. Tener momentos de debilidad no es malo, Cam. Lo que te hace fuerte es saber sobreponerte a ellos y levantarte.

Ernest entra en la habitación y se me lanza para abrazarme con cariño.

Colin se lo lleva al rato y me deja a solas con mis fantasmas, sabiendo que necesito estar solo.

Nunca me he sentido tan cerca de Colin como últimamente. Siendo algo más que mellizos, siendo amigos.

Cojo las fotos y las miro aceptando que, por algo que no recuerdo, me quise quitar de en medio, que tuve un momento de debilidad que casi me costó la vida.

Me cuesta perdonarme a mí mismo por hacer algo

así, porque me falta comprender por qué lo hice, por qué me quise suicidar.

Regreso a mi casa tras ver a mis padres y jugar un rato con Ernest a la consola.

Al llegar no hay nadie en la planta baja. Está anocheciendo.

Me siento en el columpio y pienso en todo..., en la verdad que no quería creer ni aceptar.

Noto un nudo de lágrimas en mi garganta. Me cuesta pensar algo positivo para no derrumbarme.

Estoy tan metido en mi mundo que no veo a Blanca hasta que se sienta a mi lado y nos balanceamos juntos.

Tomo aire y doy voz a la evidente verdad.

—Me quise quitar la vida —le digo con la voz rota.

—¿Lo has recordado?

—No, lo he aceptado..., que es más complicado. —Blanca entrelaza sus dedos con los míos y apoya su cabeza en mi hombro—. No soy perfecto...

—Eres mi Cam y te quiero tal como eres. ¿Y tú te quieres tal como eres?

—No —respondo con claridad.

—Pues empieza a hacerlo. Tal vez por eso huyes de mí..., porque no te quieres o porque no me quieres suficiente.

—No lo sé.

Blanca me abraza con fuerza.

—Te amo, Cam, y me alegra que ese día la vida te diera otra oportunidad y nos diera otra oportunidad a nosotros.

—A mí también.

Alzo la vista y veo a nuestros amigos cerca, a la espera de ver qué me pasa. Colin también está. No lo esperaba.

Me levanto y vamos hacia ellos.

—He aceptado que ese día, por alguna razón que desconozco, traté de quitarme la vida —les digo, porque ahora son parte de mi mundo.

Luke me da un abrazo y Roy también. Luego Peyton y Emily, y por último mi hermano me abraza con fuerza.

—Sienta bien por una vez ser el que cuida de ti —bromea para quitar hierro al tema—. Siempre he estado ahí, Cam, pero tú querías hacerlo todo solo. Eso ha cambiado. Ahora no estás solo. No tienes que hacerte el fuerte. Todos sabemos que eres un debilucho —me pica—. Cuando lo descubras todo, ahí estaremos a tu lado.

Asiento emocionado.

Cuando el accidente pasó, no tenía a nadie que no fuera mi familia, e incluso Colin y yo hacía años que no estábamos unidos, y ahora veo en sus ojos que son mis amigos. Parte de mi mundo. Como yo quiero serlo del suyo.

La soledad solo está bien para un rato, pero cuando esta es tu condición de vida, acaba por destruirte y hacerte una persona fría que simplemente ha aceptado que nadie escuchará tus risas.

* * *

Me despierto agitado y busco a tientas a Blanca por la cama. He recordado el instante en que el coche chocó y perdí la consciencia tras el fuerte golpe. He recordado que pensé en Blanca, en la última vez que estuvimos juntos.

Sé por qué, sabiendo que era mi final, elegí su recuerdo: porque la amo.

Busco su boca y la beso.

Blanca se despierta con mis besos y me besa con todo el amor que sé que siente por mí.

Estamos a oscuras. No puedo ver sus ojos verdes, pero me sé de memoria cada matiz de su mirada.

Siento sus caricias por mi cuerpo. Mis manos pasean por sus curvas, como el que explora algo conocido y amado. Un lugar donde encuentra la felicidad, donde se siente libre para ser uno mismo.

Le hago el amor sin prisas, sin ganas de acabar por miedo a mi inminente partida.

El orgasmo llega demasiado pronto.

La abrazo con fuerza y una vez más me pregunto si huyo para que ella sea feliz o hay algo más.

Si ella es mi felicidad, ¿por qué la dejo?

No le digo que la amo porque sé lo cruel que es decir «te amo» para luego, más tarde, decirle «adiós».

Me duermo con ella entre mis brazos y entonces mi mente al fin lo recuerda todo... Todo el día que mi mente borró lo veo ahora claro.

Capítulo 21

BLANCA

Cuando desperté, Cam no estaba y la cama estaba fría.

Ahora me estoy tomando un café antes de irme a trabajar. Estoy sola en la casa. No espero a nadie, por eso, cuando la puerta se abre y aparece Peyton con el gesto desencajado y una revista en las manos, sé que han vuelto a publicar algo malo de mí.

—Blanca, me alegra pillarte aquí.

—¿Qué han publicado?

—Algo muy fuerte de ser verdad. Algo que sé que no sabes.

Se sienta en el sofá y voy a su lado. Sé que quiere que esté sentada.

Cojo la revista y veo en la portada a mi padre. Leo: «Los secretos mejor guardados del alcalde: sus hijos son comprados».

Lo leo una y otra vez sin entender. Nada de esto tiene sentido.

Voy a la noticia y la leo incrédula. Hay certificados,

facturas y un documento médico de esterilidad de mi padre.

No puede ser...

Al parecer, mi padre sabía que era estéril y, aunque sus empresas iban bien, quería que fueran mejor. Sabía que los hombres de familia eran mejor vistos y pagó por mí sin ir por lo legal; pagó a una mujer que no quería a su hija y así hacerles creer a todos que se acostaron. Lo mismo ha hecho con el hijo que espera ahora. Ha pagado a esa mujer, pero le ha salido mal y esta ha contado la verdad a los medios.

—No puede ser verdad... Esto no puede ser —digo aun sabiendo que es cierto—. Tengo que ir a ver a mi padre.

—Te acompaño por si la prensa te acosa.

Asiento y vamos hacia el ayuntamiento con su coche.

Al llegar, la prensa me atosiga y Peyton tira de mí, dándome las fuerzas que yo ahora mismo necesito. Llegamos al despacho de mi padre y su secretaria le informa que estoy aquí.

Mi padre me da paso en seguida.

—Tengo que entrar sola. Ve a casa, y si te necesito, te llamo —le digo a Peyton antes de darle un abrazo—. Gracias por estar ahí.

—Para eso estamos las amigas.

Entro en el despacho de mi padre y lo veo tras el escritorio mirándome con el rostro desencajado.

—Hija... No sé si tengo derecho a llamarte *hija* —comenta con pesar—. Supongo que habrás visto la revista. —Asiento—. Han publicado cosas falsas.

—¿Es mentira?

—No eres mi hija —dice al ver la esperanza en mi

mirada—. Pero esta historia ha desdibujado la realidad. Yo no pagué por ti. Solo te di la protección de mi apellido y te adopté.

—Quiero saber la verdad.

—Claro... Al fin, después de buscar mil formas de contártela, esta te ha llegado de la manera más cruel. —Le tiemblan las piernas. No parece el hombre seguro de sí mismo que conozco.

—La verdad solo tiene un camino, y si no lo recorremos, los atajos tal vez no nos gusten. Yo también sé de eso —le indico para que se tranquilice.

Al mirarlo a los ojos veo la verdad, pero también a ese hombre que me quiere. En su mirada hay amor de padre y quiero aferrarme a eso.

—Sí, pero me daba miedo que la supieras... y me alejé de ti. Cada vez que te tenía delante, pensaba que era un mentiroso, un fraude en tu vida... Cuando estaba lejos, te compraba regalos porque era más fácil eso que contarte que, aunque no tuvieras mi sangre, te quería.

—Y yo pensando que eran una disculpa por no pasar tiempo conmigo...

—Eran una disculpa por no decirte la verdad.

—Ahora la quiero saber.

Asiente y toma aire.

—Yo vengo de una familia humilde, como ya sabes. Vine a esta ciudad con una beca y tus abuelos querían que me casara con una chica rica. No lo hice y seguí mi camino. Eso no les gustó y, cuando empecé a tener éxito con los negocios, me presionaron para que tuviera más y más. Siempre querían más. Les compré una buena casa y ni eso les satisfacía. Ellos querían que me casara, que tuviera hijos..., hijos que yo sabía que no podía darles. Soy estéril —me confiesa—. Era tal el agobio que sentía que, en uno de mis viajes, conocí a una joven que no quería a la hija que traía. Tenía pensado darla en adopción... No sabía quién era el padre y no quería un hijo en su vida. Fue entonces cuando lo orquesté todo. Le propuse que dijera que yo era el padre y que luego me diera a la pequeña. Aceptó, y no la dejé sola mientras tú te formabas en su vientre. Cuando naciste, estuve a su lado y fui la primera persona en darte un abrazo. Eras parte de mí, aunque no llevabas mi sangre. Todo me parecía maravilloso y no era consciente de que así no se hacían las cosas, porque iba a ser tu padre en todos los sentidos.

—¿Y mi madre?

—Le pagué para que pudiera empezar una vida y le di mis datos y dirección para que, si un día se arrepentía, viniera a buscarnos.

—Pero no volvió.

—No, yo esperaba que sí. No me hubiera importado darle casa y tenerla en mi vida si así tú la tenías en la tuya —reconoce, y asiento triste—. Al regresar contigo, tus abuelos no se tomaron bien que te criara solo y, tras muchas críticas, estallé. No nos hablamos desde entonces.

—Yo ni me acuerdo de ellos.

—No te pierdes nada, para ellos nunca nada es suficiente. Siempre quieren más, y el dinero no lo es todo. —Sonríe—. Lo sé. Contigo he hecho algo parecido. —Se pasa la mano por el pelo—. Me costaba mirarte a los ojos y no decirte la verdad, y, sin querer, me alejé. Pero acepté este puesto de alcalde por ti, para ver si podía llegar a ti y contarte la verdad aunque me rechazaras.

—¿Y lo del otro niño?

—Encontré a esa mujer medio muerta tras una paliza. Su amante no la quería y yo le propuse ayudarla. Cuando supo que estaba embarazada, quise proteger a ese niño y me lo inventé todo..., pero esta vez todo ha salido mal. Ella quería más dinero y, como sabía tu historia, me presionó con contarlo a la prensa... No cedí, porque yo les estaba dando protección a su hijo y a ella, no a sus caprichos. Eso fue hace un día.

—¿Y por qué tienen esas pruebas de compra de niños?

—Es todo falso. Alguien quiere que deje de ser alcalde y aún no sé quién es. Quería lo que no podía tener... sin saber el precio que debía pagar por tenerlo. Tal vez mis disculpas lleguen tarde.

—Eres el único padre que conozco, con todos y cada uno de tus defectos. —Sonrío.

—Tenía tanto miedo que llevo años sufriendo por nada.

—Nuestra imaginación es en ocasiones nuestro peor enemigo y nos juega las peores pasadas, evitando que hagamos algo tan sencillo como vivir la verdad, en vez de realidades hipotéticas.

Asiente y se levanta. Lo imito y nos damos un abrazo sincero. El primero conociendo al hombre que abrazo, y él sin el peso de que yo no sepa quién es.

—Siento que quien está detrás de esto hará lo imposible para destruirme y que deje de ser alcalde. —Me recorre un escalofrío—. He contratado a un detective para saber quién anda detrás de esto, Blanca. Tienes que estar preparada por si esto no acaba aquí.

—¿Y todo por un puesto de alcalde? No tiene sentido, papá.

—Lo sé, pero en poco tiempo te han tratado de destruir a ti y luego a mí... Esto no es casualidad, Blanca.

Me recorre un escalofrío al sentir que tal vez lo peor esté por venir. Mi padre me abraza de nuevo y eso me reconforta.

—Tengo que irme de viaje... ¿Te apetece venir? Me gustaría que supieras dónde estoy metido casi siempre... Quién soy.

—¿Más secretos?

—Solo uno más. Por si lo descubren, no quiero que existan más secretos entre los dos.

—Me apetece ir, pero tengo que hablar con Cam.

—Vale, te espero fuera. Estaré hablando con la encargada de prensa y mis abogados.

Asiento y mi padre se marcha. Saco mi móvil para llamar a Cam y me lo coge al primer tono.

—¿Estás bien?

—Siento no haberte avistado de que iba a llegar tarde...

—Sé que estás con tu padre. Al ver la noticia te llamé y, como no me lo cogías, fui a casa. Peyton volvía de dejarte con tu padre. ¿Cómo estás?

—Bien, es raro saber que mi padre en verdad no es mi padre de sangre y que la mujer que me parió no me quiso y prefirió el dinero... Pero no deja de ser mi padre por esto.

—Me alegro de que pienses así.

—Sí, y quiere que vea su mundo, el de verdad... ¿Puedo cogerme unos días de vacaciones? Luego los recuperaré...

—Bien, vete. Te vendrá bien.

—Claro. —Noto a Cam frío. Parece que hasta se alegra de que me vaya—. ¿Sigues conmigo, Cam?

—Hoy, sí —dice, pero noto algo en su voz que me inquieta.

—Tal vez es mejor que no me vaya...

—Creo que lo mejor es que te alejes de todo unos días. Necesito pensar.

Siento como las lágrimas me caen por la mejilla.

—Entiendo. Solo quiero decirte una vez más que te amo, por si luego, cuando regrese, no quieres escucharlo o ya no estás cerca para oírlo.

—Blanca...

—Estoy bien. Ya no soy esa chica. Dolerá perderte, pero no pienso perderme de nuevo con tu partida. Tenías razón. Y quiero que estés a mi lado porque me amas, no porque temas que dejarme me destruya. Soy fuerte.

—Lo eres. Nos vemos a la vuelta.

Cuelgo sabiendo que miente, que a la vuelta solo me esperará aceptar que lo nuestro no debió volver a empezar.

* * *

Hago el camino con el llanto atravesado en la garganta, y mi padre, antes de salir del coche, me mira y me pregunta:

—¿Qué te pasa, pequeña?

—Es por Cam... Creo que lo estoy perdiendo de nuevo.

Le cuento la historia por encima y asiente.

—No se pierde lo que no se tiene. Tal vez nunca ha sido parte de tu vida, si siempre encuentra razones para irse. Si antes usó una excusa para dejarte y ahora utiliza otra, es que tal vez lo único cierto es que no le importas lo suficiente para quedarse —me dice sabiamente, y tiene razón—. Y hablando de Cam, siento no haber estado a tu lado cuando te dejó la primera vez. Te tocó salir sola de eso y yo ni estuve cerca. Eres mucho más fuerte de lo que yo seré jamás.

—No soy fuerte... Acabo de mentir a Cam para liberarle de ese peso.

—Lo eres, porque, aunque quiebres y caigas, al final encuentras la forma de alzar el vuelo de nuevo. Eso me encanta de ti. —Acaricia mi mejilla—. ¿Quieres que volvamos y así hablas con Cam?

—No está en mi mano, papá. Lo más sincero que le puedo decir es «te amo», y ya se lo he dicho varias veces sin recibir lo mismo. No está en mi mano. No es mi lucha. Pero eso no evita que me esté destrozando por dentro.

Mi padre me abraza y lloro entre sus brazos.

—Lo siento, hija. No sé cómo te sientes porque yo solo conozco el amor por ti. Nunca he amado a nadie.

—¿No? —Niega con la cabeza.

—Me he centrado tanto en mis proyectos que el amor, si ha llegado a mi vida, no lo he sabido ver. Pero si te perdiera, me destruiría. Si se siente un poco igual, tienes que estar viviendo un infierno.

—Pensé que podía controlar lo que sentía, pero lo cierto es que, desde que acepté que estaba enamorada de él hace años, no he dejado de estarlo nunca. Solo he intentado vivir ocultando lo que sentía.

—Tal vez no sea vuestro final y la vida os haga encontraros de nuevo, cuando sea el momento perfecto para amaros. Cada cosa tiene su momento, y tal vez vosotros os habéis adelantado al vuestro.

—Gracias por intentar animarme. Al fin tengo lo que quería de ti, que era estar contigo.

—Ahora te lo puedo dar.

Salimos del coche y vamos a una escuela de gente con pocos recursos. Saludan a mi padre con cariño y los niños lo abrazan.

Lo miro sin comprender.

—No me gusta hablar de esto porque me hace sentir incómodo. Me hace parecer un héroe y no lo soy.

—¿Y de qué es de lo que no quieres hablar?

—Invierto dinero en escuelas para niños con pocos recursos por varias partes del mundo. Compro material... Ayudo en lo que puedo, mientras llevo mis negocios y trato de que crezcan para poder mantenerlos.

Lo miro como si viera a otra persona y una idea se me pasa por la mente.

—¿A mi madre la conociste en una de ellas?

—Sí, era una alumna de las clases nocturnas. Tenía dieciocho años. Era pelirroja, pero no tenía esa fuerza en tu mirada, esa que tú sí tienes.

—¿Y has ayudado a más como ellas?

—He ayudado a mujeres que quieren criar solas a sus hijos y no pueden llegar a todo. —Se rasca el pelo—. ¿Dejamos de hablar de esto? Me siento un poco raro...

—¿Por qué? —le pregunto divertida.

—No lo hago esperando nada. No quiero reconocimientos. Tengo la idea de que si ayudas para esperar un reconocimiento o alguna otra cosa, es que en verdad usas la causa para tu propio beneficio. Por eso me gusta hacerlo porque quiero, sin esperar nada, y de forma anónima. Ellos no conocen mi apellido.

Asiento y lo sigo, viendo que no solo da dinero, sino que organiza charlas para ayudar a nuevos emprendedores por las tardes. Hoy tiene una de ellas, a la que asisto.

El resto de los días es igual en otros centros.

Descubro una parte de mi padre que desconocía. No se me hace tan raro ver a un hombre que, agobiado por sus padres, quiere dar un futuro mejor a una niña. Tal vez no fuera lo correcto, pero creo que le movió el corazón. Como con el pequeño que iba a ser mi hermano.

Ahora el trato ya está roto; de hecho, mi padre no sabe nada de dónde está la mujer que se hizo pasar por su novia. Ha debido cobrar el dinero de la exclusiva y marcharse lejos.

Espero que el niño esté bien, que al fin y al cabo es el que más sufrirá con las decisiones de su madre.

* * *

La semana se me pasa rápido. Lo peor son las noches. Acostarme y echar de menos a Cam sin haber tenido noticias de él en todo el día.

He acabado por dar algunas clases y he entendido por qué a mi padre le gusta tanto esto. Creo que no será la primera vez que lo acompañe.

Ahora estamos de vuelta y tengo un nudo de nervios en el estómago ante lo que me puedo encontrar con Cam.

Nos pondremos en marcha de noche y mañana podré ir a verlo.

Mentiría si no dijera que tengo una mínima esperanza de que, cuando lo tenga delante, todo siga igual, y que se haya olvidado de la razón para irse porque me quiere y eso es lo que más importa.

Me dan miedo la verdad y el batacazo de después.

Capítulo 22

CAM

Leo el informe que me he hecho para saber si soy estéril o no. Las noticias no son tan malas como esperaba, pero si quiero tener hijos, me tengo que someter a tratamiento médico. Queda descartada la forma natural porque las posibilidades de tener hijos así son mínimas. Aunque nunca hay nada imposible.

Colin deja de meter en cajas las cosas de mi padre y viene a ver qué me dicen en la carta.

Estamos en el despacho de nuestra casa. Nuestro padre quiere que sea un despacho familiar y darle otro aire tras tantos años sin tocarlo. Estamos metiendo todas las cosas en cajas para que luego empiecen las obras y lo dejen como ellos desean.

—Que con tratamientos y paciencia no está todo perdido.

—¿Y tú no pasarías por eso si tu sueño es ser padre? —Asiento—. Entonces ya está. Cuando vuelva Blanca, le dices que la amas y dejas las tonterías para otras cosas. —Aparto la mirada—. Mierda, Cam... ¿Qué narices te pasa? Sé que la quieres, que te importa, y ahora tu excusa se ha ido a la mierda, porque no será tan fácil, pero existe una posibilidad, y aun así la decisión final es de ella siempre.

—Lo sé y no lo sé. No sé qué mierdas me pasa que en vez de sentirme feliz porque mi excusa se haya evaporado me siento agobiado. ¡No tengo ni idea! Vamos a seguir con las cajas, que quiero despejar mi mente.

Colin asiente por no discutir conmigo.

Esta semana hemos pasado mucho tiempo juntos, sobre todo por las tardes después del trabajo. He descubierto muchas cosas de él y de mí. Me sigue encantando tener un poco de orden en mi vida, y no quiero cambiarlo, pero también me gusta practicar deporte y sobre todo los de riesgo. Hay cosas nuevas en mí y otras, no tanto. Tal vez hubiera sido otra persona de no pasar por lo de mi madre, pero soy así, y me gusta cómo soy. No puedo cambiar porque mi personalidad hubiera sido otra de no haberme cerrado en mí mismo. Somos las consecuencias de nuestros aciertos y errores. Algo que ya estoy empezando a aceptar.

Todo parece ir bien, pero nadie sabe que he recordado el accidente. Sé lo que pasó y estoy viendo la forma de contarlo.

—Joder, creo que acabo de entender por qué pasas de Blanca —dice Colin con una foto en la mano—. No la recordaba así.

Me acerco hacia él y gira la imagen; en ella aparece nuestro padre al lado de una sonriente mujer. Nuestra madre.

Al verla en la foto, me doy cuenta de que el tiempo me ha hecho olvidarla, pero no mi subconsciente.

Mi madre se parece a Blanca. No como si fueran familia, es más un aire... Tienen el pelo cortado igual, de color rubio cobrizo, grandes ojos verdes y la cara pecosa. No son dos gotas de agua, pero, al mirarlas, las semejanzas son evidentes.

Se me cierra la garganta y, sin saber de dónde han salido, mi mente se llena de recuerdos con mi madre.

«Eres mi princesa —le decía antes de darle un beso en la mano—. Te quiero, mamá.»

Mi madre me miraba sin decir nada, pero yo era feliz solo con estar a su lado.

Colin y yo nos peleábamos por darle muestras de cariño, por colmarla de regalos, de flores que encontrábamos en la casa. Cuando llegaba a casa, era como si lo más importante volviera con ella. Nos veo a Colin y a mí corriendo a sus brazos y siento la paz de estar a su lado, de sentirme completo a su lado, de quererla con fuerza...

Miro a Colin con lágrimas en los ojos.

—La quería mucho... Era mi todo. Amaba a mamá.
—Él asiente, con la mirada también cargada de dolor.

—Se lo dimos todo... Todo nuestro mundo era de ella y lo rechazó. Viendo esto creo que te fijaste en Blanca porque te recordaba a mamá, pero te enamoraste tanto de Blanca, la llegaste a amar tanto, que la alejaste de ti antes de que Blanca te abandonara como lo hizo nuestra madre.

—Eso que dices no tiene sentido.

—Es la verdad, y es hora de que separes a las dos.

—Yo amo a Blanca de una forma diferente que a nuestra madre.

Colin sonríe.

—Has dicho que la amas.

Miro la foto de mi madre y lo que dice Colin tiene sentido. Me viene a la cabeza otro recuerdo, el del día que nuestra madre se fue, uno que había olvidado.

Mi madre estaba haciendo la maleta cuando la encontré. Me dijo que se iba para siempre y yo le dije que no lo hiciera, que la quería, que era mi mundo. Le dije que me portaría bien, que no pelearía con Colin, que lo cuidaría. Le hice un sinfín de promesas con la esperanza de que no se marchara. Me miró y me dijo: «Lo siento».

Al día siguiente, tras de sí solo dejó una fría nota y los papeles del divorcio firmados.

Mi madre se fue, pero yo cumplí cada una de esas promesas, no para no perder a mi padre, sino para que ella regresara al ver que las cumplía.

—¿Y esas caras? —pregunta nuestro padre, y Colin gira la foto—. Ahh..., la había olvidado.

Nuestro padre escondió las fotos de nuestra madre cuando Colin y yo, al ver que no volvía, las empezamos a romper. Nos dijo que cuando estuviéramos preparados para ver sus cosas, nos las daría. Hasta el momento nunca le hemos pedido esas fotos.

—Se parece a Blanca.

—Un aire, sí... —responde a Colin—. Pero Blanca es mucho más fuerte que ella, y te quiere —me mira— como nunca te amó tu madre. Blanca sí lucharía por ti, Cam.

—¿Cómo sabes lo que estoy pensando? —le digo.

—Soy tu padre. Tengo el poder de saber qué piensan mis hijos con solo una mirada —bromea—. No dejes que el pasado te quite tu presente.

—En serio, das miedo —dice Colin divertido.

—Vale, os estaba escuchando en la puerta y me he

hecho un poco el disimulado —reconoce al fin—. Pero soy muy listo en lo que a mis hijos se refiere.

Abro la boca para decir algo cuando nuestra madre entra al despacho con mala cara.

—Carla ha vuelto. Está en el salón.

La miro y voy a enfrentarme a la mujer que fue mi prometida durante tantos años.

* * *

Observo a Carla desde la puerta sin delatarme. Cuando me ve, se gira sin emoción y se acerca a mí.

Sus besos en mi mejilla son tan fríos como los míos.

—Me acabo de enterar de lo que ha pasado.

—Y has decidido volver —le digo con frialdad.

—No, he vuelto porque mi madre se presenta a alcaldesa. —La observo sorprendido—. Se ha curado y quiere enmendar los errores de mi padre.

Me estudia. Y algo en su mirada me mosquea.

—Me parece bien que esté mejor, pero no entiendo por qué, si estábamos juntos, no has vuelto hasta ahora.

—¿No lo recuerdas, Cam? —Niego con la cabeza—. El día que tuviste el accidente discutimos y lo dejamos, tú estabas fuera de ti pero no esperaba que dejarme te hiciera desear quitarte la vida. No era consciente de lo que te importaba—. Me abraza.

Y entonces mi mente aletargada al fin recuerda qué pasó ese día y, en vez de poder celebrarlo, sé que ahora más que nunca debo jugar mis cartas para llevar a cabo una jugada perfecta.

Capítulo 23

BLANCA

Regreso a mi casa y, nada más llegar, la cara de Emily y de Peyton me avisan de que algo no va bien tras darme la bienvenida.

—¿Qué ha pasado? ¿Alguna noticia más en la prensa rosa?

—No, por ese lado han parado, y tu padre, por lo que sabemos, ha denunciado a la fuente por información falsificada —me informa Peyton, aunque eso ya lo sabía—. Es sobre Cam.

—¿Se ha ido de la casa? —pregunto esperando que solo sea eso.

—Sí, pero eso no es lo gordo —dice Emily.

—¡Podéis hablar ya!

—Carla ha regresado y parece que Cam y ella van a volver —me dice Peyton, y tengo que repetirlo en mi cabeza una y otra vez porque es como si me hablara en otro idioma.

—No tiene sentido... Él no la quiere. ¿Cuándo ha vuelto?

—Ayer —me informa Emily—, y Cam vino con mi odiosa prima a recoger sus cosas. Antes de irse, nos dijo que te diéramos esto.

Emily me da una carta del Uno que es un comodín y que te permite elegir una de las otras cartas extra. Dentro hay un «uno» escrito a lápiz. Esto hace que lo entienda todo aún menos. Se dice «uno» cuando la partida acaba, y esta carta es la de contar algo que nadie sabe. ¿Qué me está queriendo decir?

—Tengo que ir a verlo. Nada de esto tiene sentido.

Dejo mis cosas y me marcho con mi coche para buscar a Cam. Necesito que me explique qué narices está pasando. Como haya vuelto con ella, no solo demuestra que no me quiere, sino el poco aprecio que se tiene a sí mismo por conformarse.

Llego a la empresa de Cam. Aparco el coche y voy hacia su despacho ignorando a la gente que me mira. Hoy solo tengo ojos para Cam.

Antes de llegar me cruzo con Carla, que sale del despacho. Al verme, me mira mostrando su verdadera cara.

—¿Esperabas que volviera contigo? —Se ríe e ignoro cómo sabe que Cam y yo hemos estado juntos.

—No tengo nada que hablar con alguien como tú. Mi mejor arma es mi indiferencia hacia ti. —Le sonrío y sigo andando.

—Él nunca te elegirá a ti... porque tú no lo haces feliz. ¿Acaso lo has visto serlo alguna vez a tu lado?

No le respondo; me cuesta mucho, porque Carla sabe demasiado y sabe dar donde duele.

Voy a mi puesto y abro la puerta que comunica mi despacho con el de Cam. Al entrar, lo veo apoyado en la mesa mirándome.

Noto que las fuerzas me fallan ante el miedo de perderlo, pero me obligo a ser fuerte y a ir hacia él buscando respuestas.

—Te esperaba —me dice con voz neutra.

—Supongo que sí, tras haber vuelto con ella.

—Te dejé una carta.

—¿Con un uno?

—Sí, antes sabías qué significaba decir «uno» en una partida...

—... perfecta —acabo por él—. ¿Qué tratas de decirme?

Me mira a los ojos y veo pesar en su verde mirada. Se va hacia la cristalera y observa la ciudad desde ella.

—La primera vez te dejé porque desde pequeño sabía que existía una posibilidad de ser estéril. Tú lo dijiste en nuestro juego favorito, que querías tener muchos hijos que fueran como los dos, y supe que yo no podía ser quien te los diera.

—Tú mejor que nadie sabes que la familia no la forma la sangre. Quiero a mi padre con todas mis fuerzas pese a saber que su sangre no corre por mis venas. Así que déjate de excusas tontas.

—Lo sé, pero no es fácil vivir sabiendo que tal vez no puedas tener hijos. Te hace sentir incompleto. Así me sentía yo. Era muy joven para desear tener hijos, pero sabía que, de querer tenerlos, tal vez no podría. Que tú me dijeras que querías tener una gran familia hizo que mi esterilidad se hiciera más presente. Que me sintiera imperfecto.

—Cam, a mí me importabas tú... Me importas tú, la familia que somos los dos, el resto ya veremos cómo lo formamos. Hay medios...

—Lo sé. —Toma aire—. Me he hecho pruebas y

existe una posibilidad con tratamiento, tal vez inseminación, para que pueda tener hijos...

—Entonces, ¿por qué tu voz es tan triste?

Me pongo a su lado y me mira de reojo. Toma aire y parece abatido.

—Esa era la razón por la que no aposté por lo nuestro la primera vez.

—¿Y la razón por la que no lo haces ahora? —Saca del bolsillo de la chaqueta una foto y la mira un segundo antes de mostrármela.

Miro la foto y observo que su padre sale más joven, y a su lado una preciosa joven sonríe a la cámara. Alguien que de lejos hasta se puede parecer a mí.

—Te pareces a mi madre. Yo no la recordaba, pero mi subconsciente, sí. No sé si me fijé en ti porque eras diferente al resto o porque eras igual a ella.

Me duelen sus palabras, porque yo ya lo estaba pensando.

—Tal vez por eso nunca fuiste feliz conmigo. Por eso no has encontrado la felicidad a mi lado, por eso no me amas... Porque para ti solo era el recuerdo de tu primer amor, que fue tu madre.

—No lo sé.

—Entonces no entiendo la carta. ¿Quieres decir que has ganado? Porque ahora mismo lo que menos necesito es que te regodees en tu jugada perfecta para dejarme.

—La carta es tuya. —Saca otra carta, la del cambio, que con nuestras normas hace referencia a un deseo. Me la da y me dice—: Deseo que seas feliz.

—¿Sabes dónde te puedes meter tus cartas ahora mismo? Por el culo, Cam. ¿Estás oyendo las tonterías que me estás diciendo? El juego se ha acabado y no ha sido perfecto. Ha sido una mierda porque solo he sido el reflejo de ella.

Le tiro a la cara la carta y, al hacerlo, nuestras miradas se ven reflejadas la una en la otra. No hay nada de esa frialdad con la que me ha hablado, en sus ojos veo a un hombre roto en pedazos. A alguien que está sufriendo, alguien que está destruido...

—Es mejor que te vayas...

—Cam...

—Para mí tampoco es fácil todo esto —me dice serio.

—No, supongo que no es fácil descubrir que te has tirado a alguien porque te recordaba a tu madre —suelto enfadada.

Mis palabras le duelen.

No me lo merezco, no me merezco amarlo con esta fuerza y saber que lo nuestro nunca fue real por su parte.

Bajo la mirada y veo el collar que me dio, me lo quito y se lo tiendo.

—Es un regalo.

—Tíralo, igual que tú has tirado mis sentimientos.

—¿Acaso no puedes entender lo que siento?

—Lo que no entiendo es que uses excusas para decir algo tan fácil como que no me amas. Tal vez te llamé la atención porque te recordaba a ella, pero yo no soy ella, y lo sabes. Me dejas una vez más porque es más fácil buscar una excusa que aceptar la realidad. Si alguien se parece a tu madre, eres tú, que en vez de luchar por lo que sientes, prefieres huir. Solo serás feliz cuando en vez de buscar tu camino, decidas por ti mismo cuál quieres seguir.

Me marcho hacia mi despacho para trabajar, porque hemos acabado como pareja o como lo que fuéramos, pero sigue siendo mi jefe. Me cuesta mucho no derrumbarme, estoy hecha pedazos y solo tengo ganas de llorar.

—Tenemos que hacer un viaje.

—Claro, jefe —respondo.

Su sangre fría me sorprende mucho y contribuye a mi enfado y a pensar en tirarle algo a la cabeza en vez de llorar.

Cojo mis cosas y salimos a buscar su coche.

A medio camino, Carla viene hacia nosotros con esos aires de superioridad que tiene, y así pasa toda la semana, viajando juntos sin hablar y encontrándonos con Carla cada dos por tres en el trabajo.

Por el día trato de que nadie note que estoy hecha pedazos y por la noche me rompo en cientos de ellos que no sé si al siguiente amanecer seré capaz de recomponer.

Mi padre y mis amigos han estado a mi lado.

Mi padre ha tenido que dejar su cargo, aunque va a luchar para que la revista pague por publicar documentos falsos. La verdad la dijo él cuando dejó el cargo y convocó elecciones anticipadas. Fue una sorpresa para todos que la madre de Carla se presentara como alcaldesa. Dice que está curada y que quiere enmendar los errores de su exmarido.

Yo no sé qué creer.

Fue por eso por lo que Carla regresó, lo hizo para apoyar a su madre, y se enteró del accidente de Cam. Parece ser que ese día discutieron y rompieron. Carla, triste y destrozada, eso dice ella, se alejó sin querer saber nada de Cam, hasta que su madre regresó a la ciudad para ser alcaldesa tras su recuperación, y se ha pegado a Cam desde entonces para volver con él.

La veo cada dos por tres en la oficina cuando regresamos y, aunque Cam la ignora, no puedo olvidar que la otra vez cayó en sus redes.

Me cuesta mucho recordar que no debería quererlo. No paramos de estar juntos, y me he planteado dejar el trabajo.

Llego a mi casa desanimada tras un día entero al lado de Cam sin mirarlo a los ojos. Lo que veo en ellos me causa más pesar porque no soy capaz de entender el dolor en su mirada.

—Ya estás aquí —dice Emily muy entusiasta. Tras ella aparece su madre—. Nos vamos de fiesta, noche de chicas.

—No tengo muchas ganas —les digo.

Su madre viene y me abraza.

—Tienes que animarte, Blanca. —La calidez de su abrazo me traspasa. En estos momentos, echo de menos el cariño de una madre, y ella siempre ha estado ahí, como la madre de Peyton. Son madres maravillosas.

Peyton viene con su madre y, aunque quiero quedarme encerrada en mi cuarto, no me dejan y nos vamos todas de cena.

La cena está deliciosa y al final me animo a tomarme algo y disfrutar de ella. Y de estar con mis amigas a las que quiero como si fueran mis hermanas.

Sus madres no paran de estar pendientes de mí en toda la noche. Nos vamos a un *pub* a bailar y allí nos encontramos a Colin con su novia. Verlo me recuerda demasiado a Cam, pero Colin es mi amigo y su novia me cae muy bien.

Ha cambiado en este tiempo y ahora se puede hablar con ella y estar a gusto. Se nota que se quieren mucho.

Bailamos y cantamos todas las canciones. Al volver a casa, puedo decir incluso que me lo he pasado bien, al menos mientras estoy con ellas. Al quedarme sola en mi cuarto, el dolor por la pérdida de Cam me asola.

Pero estoy feliz porque, aunque siento que he tocado fondo esta vez, he aprendido a lidiar con mi dolor sin tomar caminos fáciles.

Tal vez no le mintiera a Cam. En verdad sí soy fuerte como para perderlo y aprender a vivir sin el amor de mi vida.

* * *

A la mañana siguiente, me llega una proposición que no puedo evitar encontrar muy tentadora y la acepto. Es lo mejor para seguir con mi vida sola.

Mi padre me ha propuesto irme con él y creo que será lo mejor. Hoy se lo comunicaré a Cam, ya que no puedo seguir así.

Llego a trabajar y lo encuentro en mi despacho. Sobre la mesa deja una carta del Uno.

—Ya sabes dónde te puedes meter tus cartas.

—Esta es diferente. —Le da la vuelta y veo que está en blanco—. Un nuevo comienzo.

—¿Para ti?

—Para los dos. —Aparta la mirada—. Quiero que seas feliz...

—Yo también lo quiero, por eso me voy a marchar con mi padre.

Me mira tenso.

—¿Te vas?

—No soy tu madre, Cam. No te estoy abandonando...

—Yo... tengo que hacer unas llamadas. Ahora vengo.

Se marcha y me quedo sin comprender nada. Miro su carta y la guardo. Al poco regresa.

—Te puedes ir ya. Te haré una carta de recomendación por si la necesitas...

—Cam, puedo quedarme un tiempo...

—No quiero retenerte en tu contra.

—Yo no soy ella, Cam. Un día estarás al lado de quien ames de verdad y esa persona no será Carla.

Asiente y recojo mis cosas ante su atenta mirada.

—Copi... —Alzo la mirada y la cambia. Parecía muy triste, como el que mira algo que sabe que no es para él—. Blanca... —rectifica—. Sé feliz.

—Y tú. —Lo miro a los ojos, esos en los que me hubiera encantado verme reflejada toda mi vida—. Quiero creer que a mi lado no eras feliz..., pero cuando pienso en los dos, en nuestros momentos, sí siento que lo fuiste. Me quiero quedar con eso cuando te recuerde.

Cam abre la boca, pero no dice nada. Agacha la mirada y se gira para mirar hacia la ventana. Es temprano y puedo ver su reflejo, algo que tal vez él ignora, porque veo las lágrimas que ha tratado de ocultarme en sus ojos.

—Tienes que quedarte quince días más..., por contrato es así. Lo había olvidado. No puedes irte aún. —Siento que es una excusa para que me quede más tiempo y lo peor es que me hace albergar una esperanza que no debería sentir.

—Vale, luego me iré.

Asiente.

Se marcha del despacho sin mirarme. Me siento en la mesa frustrada y sintiendo que me estoy perdiendo algo. Abro mi cajón para dejar las cosas y veo las cartas de Cam del Uno. Las iba a tirar, pero las acabé dejando aquí guardadas, a la espera de decidir qué hacer con ellas.

Lo cierro de nuevo y abro mi correo. Veo un *e-mail* que llama mi atención y lo abro. Es la invitación a una nueva carrera. La verdad es que no tenía pensando correr más, pero tal vez sea lo que necesite para sacar de dentro de mí esta rabia y este dolor.

Lo imprimo todo para leerlo mejor y espero a que Cam me mande trabajo. No tarda en entrar en mi despacho y pedirme cosas. Parece más relajado, pero si lo miro a los ojos, no parece ni el hombre seguro ni el perdido, sino uno triste y abatido.

Lo peor es que los días pasan y veo a Cam cada vez más y más decaído.

Hoy es mi último día de trabajo y mañana es la carrera. No podía haberlo planeado mejor. Dejo mis cosas sobre la mesa y entre ellas está la información de la carrera. Estoy mirándola cuando Cam entra sin llamar, como hace siempre.

—Blanca... —Se calla al ver lo que tengo en la mano—. ¿Una nueva carrera?

—Sí.

—Pensé que lo habías dejado.

—Ya ves, me ha apetecido correr.

—Pero no puedes hacerlo sin mí. Soy tu copiloto.

—Cam, de verdad, mejor que sigas ignorándome.

—Corremos juntos —sentencia—. Somos un equipo en la carrera.

—No me va a pasar nada. Me has dejado. Estoy hecha una mierda, pero he madurado y no me destruyo. Así que tranquilo.

—Quiero correr contigo. —Lo miro a los ojos—. Por favor.

Si todo lo demás ya me desconcertaba, esto lo hace el doble.

Asiento, pero no sé muy bien por qué.

Cam sonríe y va hablar, pero aparece Carla, que siempre anda cerca para recordarle que han quedado para hacer algo importante. Recalca lo de «importante» y Cam solo asiente.

—Envíame toda la información al correo y allí estaré.

Se marcha con Carla y se lo envío todo.

Me paso el día sola sin trabajo porque Cam no regresa. Al acabar, me marcho para despedirme de Colin y de su padre, dándoles las gracias por todo.

Ya en mi cuarto, saco mis cosas y veo mis cartas. Las dejo al revés sobre la mesa y es entonces cuando veo en una esquina algo raro, como una marca a lápiz en las dos. Las junto y parecen medio corazón.

Las toco buscando algo más y me doy cuenta de que son como más gordas. He pasado tanto de ellas que ni en esto me había fijado. Las despego con la uña y aparecen dos cartas más, pegadas a las otras dos, que completan el corazón; una es la de las flechas, que significar hacer una pregunta, y la otra la de roba cuatro, decir algo que odies.

No tiene sentido esto. ¿A qué mierda juega Cam?

* * *

Me preparo para el viaje. Mis amigos vendrán todos a la carrera.

Luke se ha llevado mi coche para hacerlo más seguro, ya que no quiere arriesgarse a que me pase algo.

—Te he reforzado la seguridad —me dice dándome las llaves—. Tengo un mal presentimiento —me señala inquieto—. ¿Tienes que correr? No estás bien emocionalmente.

—¿Y lo estabas tú en todas las carreras? Los dos sabemos que no —respondo—. Estaré bien. De verdad.

Quedamos en vernos tras la carrera y celebrarlo.

Voy a mi coche y veo varias cosas que ha puesto Luke.

«Es un exagerado», pienso. Me inquieta su malestar. No puedo dejar que eso me descentre.

Esta carrera será la última, mi despedida.

Todo saldrá bien...

* * *

«Esto no puede estar pasando», pienso al mismo tiempo que el coche se precipita sin frenos fuera de la pista.

Miro a Cam, en sus ojos está el mismo miedo que en los míos. Coge mi mano con fuerza cuando el coche ha perdido el control.

—Te amo —me dice un segundo antes de chocar, y no sé qué me impacta más, si sus palabras o el golpe.

Todo se torna negro y temo que haya llegado el final.

Capítulo 24

Hicieron lo posible por salvarles la vida. Cam y Blanca quedaron atrapados en el coche, llegaron al hospital muy graves y nadie pudo detener el desenlace final.

Murieron juntos.

—No puede ser... —Carla miraba a la madre de Cam sin poder creerse lo que le contaban—. No puedo quedarme viuda.

—¿De qué narices hablas? —preguntó la mujer.

—¿No os lo contó Cam? —La mujer negó con la cabeza—. Ayer nos casamos. Tengo los papeles en casa por si no me crees.

—No te creo.

—Es cierto. —Carla la miró con rabia y se marchó decidida a buscar la documentación que la nombraba como la viuda de Cam.

La ciudad se llenó de pena. Eran tan jóvenes, tan llenos de vida... La gente ya no recordaba lo mucho que habían criticado a Blanca; de la noche a la mañana solo decían cosas buenas de ella, cuando en vida muchos la habían mirado con asco.

Todo pasó muy rápido para los familiares. No querían entierros multitudinarios. Ni tan siquiera invitaron a Carla, que ya había probado que era su mujer, cosa que, por supuesto, no les sentó bien.

Tal vez por eso no esperó para exigir la fortuna de Cam. Su herencia y su dinero. Para calmar su dolor, decía, pero en verdad era todo por su propia codicia.

Se encontraba sacando dinero de la cuenta de su marido para ponerlo a su nombre cuando sintió que alguien se pegaba mucho a ella por detrás.

—Perdone... Me está molestando —dijo sin volverse.

—Asesina. —Carla tembló y necesitó un segundo de más para girarse y que nada en su cara la delatara y, cuando lo hizo, ya no había nadie. Solo un joven que se marchaba a lo lejos con una capucha negra.

Dejó lo que estaba haciendo y fue tras él. Lo perdió en la calle.

Nerviosa, se fue a hablar con su madre. Necesitaba su apoyo. Entró en el despacho de su madre y cerró la puerta.

—¿Qué te pasa? Parece que hayas visto un fantasma.

—Alguien lo sabe.

—¿Quién?

—No lo sé. Me han susurrado «asesina» al oído. Está todo bien atado ¿verdad?

—¿Por quién me tomas, hija? Soy la mujer que fingió ser alcohólica para que esa pava de Peyton descubriera los secretos de tu padre y así quedar yo como una buena mujer arrepentida. Lo de ponerme delante del disparo no estaba previsto, pero me salió genial.

Relájate. No he llegado tan lejos para dejar algo sin atar. ¿Tienes el dinero?

—Parte de él.

—Lo necesitamos todo. Tengo que ser la mejor alcaldesa del lugar y para eso se necesita efectivo. Por suerte, me guardaré los mejores secretos para presionar.

—Gracias a mí, que tenía los secretos mejor guardados de Blanca por lo mucho que la he odiado siempre.

—Sí. Hubiera sido todo más fácil, y ella no hubiera muerto, si Cam no hubiera sobrevivido al primer accidente. Por suerte, pagaste a quien debías en la policía para que hiciera el informe falso y no supiera que Cam no conducía, sino que iba de paquete y drogado. Lo de presionar al policía para que le hiciera creer que se suicidó fue muy buen plan. Él se lo creyó. Siempre fue un niño perdido maleable.

»Ya te lo dije hace años, con Cam podías hacer lo que quisieras, pero muerto nos viene mejor. Sobre todo desde que ese día se negó a casarse contigo y te dijo que lo dejaba todo.

—Pero ya es historia, y su putita, también. Tengo que aprender mucho de ti.

—Mucho, siempre me han subestimado. Lo mejor siempre es parecer una pobre mujer que no ha roto un plato o alguien tonta. Ya te he dicho que tus arranques de niña malcriada no ayudan. Mente fría, hija.

—Los tendré que evitar ahora que soy rica. Cuando destruiste a papá, deberías haberte quedado con parte de su dinero.

—Me quedé con sus secretos más jugosos, que valen más que el dinero. ¿Ves como te queda mucho por saber? Yo lo destruí cuando no me hacía falta, cuando me cansé de él. Tienes que tener la sangre fría, y pronto, mientras soy alcaldesa y la gente apuesta por mí, retomaremos el negocio de las drogas. Esta ciudad lleva mucho tiempo sin ser corrompida.

—Lo estoy deseando. Esto solo es el principio de lo lejos que llegaremos juntas.

La puerta se abrió y ambas miraron hacia allí, quedándose blancas al ver pasar a un Cam muy vivo y sano. No podía ser cierto.

—Lo mejor de convivir tanto con una persona —dijo este— es que al final conoces tanto sus virtudes como sus defectos. ¿Tan tonto me creíais? Bueno, sí, porque lo he escuchado todo. —Cam se acercó al bolso de Carla y sacó un micrófono de su interior.

Se lo había colocado tras susurrarle que era una asesina, conociendo lo suficiente a su expareja como para saber que perdería los nervios e iría a ver a su madre y hablarían de todo esto.

—No puede ser... —indicó la madre de Carla antes de ver como la policía entraba en tropel para detenerlas.

—¡No me toquen! —gritó Carla, pero no sirvió de nada. Acabó arrestada como su madre.

—Solo una palabra es suficiente para que se desmorone un castillo de naipes —señaló el chico.

Salieron de allí arrestadas.

La familia de Cam estaba cerca, todos cómplices. Todos decididos a pillarlas y destruirlas para cerrar al fin una etapa que se creía acabada.

—¿Cómo es posible? —preguntó Carla mirando a Cam antes de entrar en el coche.

Capítulo 25

Unos días antes

CAM

Busqué a Blanca sabiendo que no podía dejar que se marchara. No podía perderla. No cuando todo lo que estaba haciendo era para ser libre, para poder amarla y estar a su lado sin que nada lo empañara.

La encontré a punto de empezar la carrera. Había llegado tarde. No podía hablar con ella en ese momento, no podía explicarle que llevaba todo ese tiempo fingiendo que no me importaba para pillar a Carla y a su madre.

El día de mi accidente fui a romper con Carla porque no podía seguir con todo aquello. No quería seguir con nuestra relación, quería volver a la ciudad sin ella. Antes de entrar, la vi hablando con su madre. Ignoraba que había salido de la residencia, y hablaban de que se tenía que casar conmigo como fuera o, si no, ver la forma de acabar conmigo y falsificar los documentos. Los accidentes pasaban, y ellas necesitaban dinero para sus proyectos.

La frialdad con la que hablaban me pilló por sorpresa y les grité que eso no lo permitiría en la vida. La madre de Carla me miró y, con una sangre fría que no esperaba, vino hacia mí, tratando de herirme con un jarrón. Me defendí como pude, porque era como si mi mente no procesara lo que estaba sucediendo, hasta que Carla me golpeó la cabeza por detrás.

Lo siguiente que recuerdo es despertar un segundo antes de chocar y ver saltar al conductor del coche antes de impactar con esa pared.

Creí que de verdad me mataba y esa sensación es la que recordé hace meses, la de tener la convicción de que mi vida se acababa.

Antes chochar pensé en Blanca, en lo mucho que la amaba.

Cuando lo recordé, hablé con mi padre y este quiso poner al tanto a un amigo suyo detective de policía. Ideamos el plan de hacerlas caer en un error para que se delataran, pero nada parecía funcionar.

Conocía lo suficiente a Carla para saber que solo caería en un error si se ponía nerviosa.

Estábamos en plena carrera con Blanca cuando descubrimos que los frenos habían sido manipulados. No tuve duda de que era obra de Carla.

Miré a Blanca y le dije que confiara en mí antes de planear nuestra escapatoria de ese vehículo. Saltamos poco antes de que chocara y acabara ardiendo.

Le dije te amo por miedo a no salir de esta y que nunca supiera cuánto la amaba y que era la mujer de mi vida.

La gente no sabía lo que había pasado y aproveché esa confusión para trazar un plan.

Debía ser más listo que ellas. Habían jugado conmigo, me habían infravalorado. Pensaban que no era más que un monigote al que se podía manipular. Pero yo era mucho más que eso, y ellas merecían pagar por todo el sufrimiento de los últimos meses.

Mi familia pensó que era una locura. Solo puede ver a Blanca unos segundos antes de rogarle que confiara en mí.

Esperaba que viera en mi mirada que la amaba.

Acaricie su mejilla antes de que la policía se hiciera cargo de todo y se la llevaran a un lugar seguro. Su madre aseguró tener uno perfecto para esconderse.

Todo había pasado demasiado rápido. No había tenido tiempo de contárselo todo, de explicarle cómo me sentía, de decirle que hacía tiempo que sabía que no quería alejarme de su lado. Que la amaba y que pensaba hacer frente a todos los obstáculos que tuviéramos juntos.

Si antes no le dije nada, fue solo porque la policía me aconsejó que no lo hiciera porque Carla quería ver sufrir a Blanca y, si Blanca sabía la verdad, se podría poner en peligro. No iban desencaminados, porque se habían enterado de que iba a correr con ella e iban a atentar contra los dos.

La había puesto en peligro por mi miedo a perderla. Por mi incapacidad de estar más tiempo alejado de ella. Por mi temor a que se fuera y no verla más, todo eso había precipitado las cosas.

Pero al fin todo había acabado. Como sabíamos que Carla perdería los papeles si temía que alguien supiera la verdad e iría a ver a su madre, quise ser yo quien las ejecutara. Porque ellas me habían querido matar dos veces.

Al fin están en la cárcel y la gente ha visto su verdadera cara. Una mentira no se sostiene eternamente y la verdad al final siempre encuentra el camino hasta ser visible.

* * *

En la actualidad

Mi madre me abraza con fuerza cuando todo acaba. Mi padre hace lo mismo. Colin está cerca y noto que está aliviado porque esto haya salido bien.

Por fin todo ha acabado.

Y ahora solo deseo estar con Blanca, abrazarla y contárselo todo. No me han dejado estar cerca de ella por si eso la ponía en peligro.

Cojo el coche y me siento libre al fin, en más de un sentido. He dejado de sostener cadenas invisibles que no me dejaban avanzar. Esto me ha cambiado, me ha hecho más fuerte. Me ha hecho comprender que la vida es para los que la viven, no para los que la observan sin querer ser parte de sus acontecimientos.

Y yo nunca antes me he sentido tan vivo.

Capítulo 26

BLANCA

Estoy en la casa de campo de mi padre con un brazo escayolado. Me aburro mucho, y lo peor es que no sé qué narices está pasando en la ciudad.

Cierro los ojos y aún puedo ver el accidente. Fue todo muy rápido. En un segundo temí por mi vida, y al otro, Cam me decía que tenía que parecer que habíamos muerto para pillar a quien nos había tratado de matar.

Acepté porque me prometió contármelo cuando todo acabara.

Desde el hospital no nos hemos visto. Mi padre no se ha separado de mí.

Tengo miedo de que Cam vaya demasiado lejos y corra peligro, y me pica mucho el brazo... Estoy intentando rascarme cuando la puerta de la casa se abre y aparece Cam. Lo miro enamorada y sintiendo como la tranquilidad vuelve a mí.

Noto como la respiración se me acelera y como mi

corazón late más fuerte que nunca, sobre todo cuando me mira y veo tanto amor en su verde mirada.

Pasé mucho miedo en el accidente y sé que él también, porque por primera vez me dijo que me amaba. Cam temía no salir de esa.

—Dime que ha acabado todo.

—Lo ha hecho. —Sonríe y se le ve relajado.

Cam llegó casi cuando estaba a punto de salir y entró en el coche. Me miró y me sonrió, y eso me puso más nerviosa que la carrera. No tenía que estar allí, pero estaba a mi lado. Conmigo. Al mirarle a los ojos sentí algo muy diferente a lo que me dijeron sus palabras.

Empezó la carrera y sentí que algo iba mal, algo no andaba bien en el coche. Cam me dijo que parara, pero no podía porque los frenos no iban. Así que planeamos cómo detener el coche y no salir mal parados.

Gracias a ello, Cam solo se llevó unos rasguños y yo me rompí el brazo. Aún hoy no entiendo cómo salimos tan bien parados, para lo que podía haber sucedido en caso de no darnos cuenta del fallo. Creo que nos salvó la vida que Luke revisara el coche y que estuviera tan perdida en mis pensamientos que, en vez de acelerar a toda pastilla, fuera muy lenta al empezar.

Por el dolor, perdí el conocimiento y ya no vi a Cam hasta llegar al hospital, donde me dijo que ya me lo explicaría todo.

Acarició mi mejilla antes de irse. Yo lo miré mientras se alejaba recordando su «te amo» una y otra vez, y sabiendo que, hasta que no me contara la verdad de todo lo ocurrido, no entendería lo que últimamente me faltaba para comprenderlo.

Ahora estamos aquí y lo miro expectante, con miedo, con temor a lo que me explique de nuestro engaño, con la esperanza de que sea un nuevo futuro para los dos.

Da un paso hacia mí y se sienta a mi lado. Cierro los ojos al sentirlo de nuevo tan cerca. Alzo la mano y toco su pecho. Lo quiero tanto que duele.

—Quiero saber la verdad... ya —digo sabiendo que, si lo abrazo, dejaré para mucho más tarde todo esto. Necesito comprender de una vez qué ha pasado.

Cam acaricia mi mejilla antes de separarse.

—¿Cómo estás?

—Muy bien, y no me cambies de tema.

Sonríe.

—Vale. Recordé lo que pasó el día de mi accidente. —Lo miro a la espera—. Fui a romper con Carla... —Cam me cuenta lo que pasó y noto los ojos llenos de lágrimas mientras me cuenta todo lo vivido con Carla y su madre—. Lo siguiente que recuerdo es despertar un segundo antes de chocar y ver saltar al conductor del coche antes de impactar contra esa pared. Te juro que en ese instante creí que me mataba y pensé en ti. Eres lo último que quería recordar.

Las lágrimas caen por mis mejillas.

—No me puedo creer su sangre fría...

—Yo era un simple monigote para obtener más dinero, y como las pillé, trazaron el plan. Poco antes de que volviera Carla, lo había recordado todo y había puesto al tanto a la policía de que las estaba investigando para poder pillarlas en un renuncio. Ella regresó porque se enteró de que yo no recordaba nada. Estaba escondida por si la denunciaba, porque su plan no salió como esperaban y sobreviví. Presionaron al policía que hizo el informe para que contara lo que ellas querían, para que yo me creyera que me quise suicidar y aceptarlo sin más. Tenían secretos guardados de varias personas, y también de ese policía, que era corrupto. Lo hemos descubierto todo tras contarle a la policía lo que recordaba. Al final el policía corrupto contó lo que sabía de ellas y pagó por sus errores. Al ver que yo no recordaba nada, la madre de Carla regresó y, para poder ser alcaldesa, tenía que destruir a tu padre. Carla conservaba la carpeta de tus trapos sucios por lo mucho que te odiaba. Les vinieron bien para destruirnos a los dos.

»Carla me dijo que ese día discutimos y rompimos, y por eso no había sabido nada de ella. Me dijo que no había sabido que estuve tan mal, y que ahora, al volver para apoyar a su madre, se enteró de todo. Me contó que me quería y todos esos rollos. Me dejé llevar sin hablar de volver, sabiendo que mi vida corría peligro y que me querían muerto. Al hablar de ti, era tal el odio en su mirada que la única forma que se me ocurrió para protegerte era alejarme de tu lado.

—Pero lo que me dijiste era verdad.

—Sí, mi madre se te parece, y no sabía que si me alejaba de ti era porque me la recordabas. Pensaba que, como ella, acabarías abandonándome. —Coge mis manos y las acaricia—. Es cierto que me acerqué a ti por las semejanzas con ella, pero me enamoré de todo aquello que te hace diferente a todas las demás, lo que te hace única.

—¿Y cómo supo que correrías conmigo?

—Nos debió escuchar cuando te dije que iría contigo. Sabemos a quién presionó de la carrera para que manipulara el coche. A la chica que buscaba nuevos corredores. Carla la conocía porque se habían acostado con el mismo chico y este le largó muchas cosas de ella.

—Bueno, ya sabes que no era virgen.

—Ya..., he estado muy ciego. Usé como excusa lo de la infertilidad cuando yo quiero a mi madrastra como si fuera mi madre, y lo de mi madre natural solo es una prueba más de que en parte seguía siendo ese niño. Por eso me alejaba de ti, porque te quiero cada día más y me agobiaba pasar otra vez por un abandono tan grande.

—Te entiendo. Yo no puedo prometerte que no te deje algún día. Solo te puedo decir lo que siento a día de hoy. Solo te puedo jurar sobre el ahora. Y hoy juro que te amo.

—He aprendido con estos dos sustos a vivir y a valorar el presente, en vez de pensar tanto en lo que pasará.

Trata de besarme, pero le pongo un dedo en los labios.

—¿Y ahora?

—No me ha quedado claro lo de por qué matarnos de mentira.

—Vale...

—Es que dudo que una vez que me beses no te salte encima y no te suelte en días.

Se ríe y parece feliz de verdad.

—Se me ocurrió todo sobre la marcha. La única forma de no correr peligro y pillarlas era estando muerto. Solo así podía empujarlas a que cometieran un error si pensaban que alguien sabía de sus planes y nuestro asesinato. Así que hablé con el detective que llevaba la investigación y lo organizamos todo para que nos dieran por muertos. Visto lo visto, eran de perder los nervios rápido.

»Me puse tras ella cuando estaba sacando dinero en un cajero y le dije que era una asesina. Me marché tras dejarle en el bolso un dispositivo de escucha. Carla perdió los nervios y fue a ver a su madre. Con la confesión y lo que ya teníamos, pudieron detenerlas y pedir al juez una orden de registro de sus casas por intento de asesinato.

—¿Y todo ha acabado?

—Sí. El último cabo suelto se ha cerrado. Carla y su madre debieron pagar en su día. Estaban igual de metidas que su marido, pero nadie lo supo ver. Ahora al fin se ha hecho justicia.

—Me hubiera gustado saberlo todo...

—A mí decírtelo, pero me daba miedo que te enfrentaras a Carla por lo que me hizo y te hiciera daño. Me aterraba que te pasara algo malo ahora que había aceptado que tú eras mi felicidad y que no se puede buscar lo que te hace feliz, sino aprender a verlo en lo que te rodea.

—La felicidad no lleva un cartel, Cam.

—Si lo llevara, tendría tu nombre... Copi, por supuesto. —Se ríe y yo me río con él, y saca de su bolsillo mi collar—. ¿Te lo puedo poner?

Asiento y dejo que me lo ponga. Cuando lo hace, me acaricia el cuello.

—Te amo, Cam. Me gustan el Cam serio y el Cam alocado. Sobre todo me gusta descubrir cada día una parte de ti y enamorarme de ella.

—Te amo, Copi —me pica antes de coger mi cara entre sus manos y besarme—. Y por si te lo preguntas, quiero que seas mi novia, mi promesa de un futuro y la mujer con la que sueño envejecer.

—No sabía que fueras tan romántico... Me encanta.

Me tiro a sus brazos y lo beso de nuevo. Le digo «te quiero» entre beso y beso, y vamos a mi cuarto aprovechando que estamos solos para quitarnos la ropa.

Cam acaricia mi cuerpo y hace fácil el que lo ame con mi brazo roto.

Me mima. Me cuida, me mira con la promesa de un amor viejo, uno nuevo y uno que espera que sea eterno.

Hacemos el amor por primera vez desde que nos reencontramos sin temor a admitir que entre sus brazos siempre fue un juego de dos amantes que se quieren.

Lo abrazo con fuerza cuando el orgasmo nos pilla por sorpresa y sonrío dando gracias porque, por muchas vueltas que hayan dado nuestras vidas, al final hemos encontrado el camino de vuelta para andar juntos en la misma dirección.

CAM

Entramos en la casa de Blanca. Nuestros amigos y familiares nos esperan en el jardín. Ronnie se ha encargado de todo. Ya sabe todo el mundo que no nos matamos, y he recibido muchos mensajes de alivio. Más de los que esperaba. Al fin me abrí al mundo y dejé de ser una sombra que vive sin implicarse en su entorno.

Salimos y vemos una gran pancarta que dice: «Bienvenidos a la vida».

—Qué melodramáticos —dice Blanca mirando a Ronnie.

—No te quejes, Copi...

—¡Joder! —dice Ronnie cortándome—. La C del árbol es de «Copi». C y C.

—Siempre —respondo.

Abrazamos a nuestros amigos, a mi familia, una que no tiene nada que ver con la sangre, sino con unos lazos mucho más fuertes que son irrompibles.

Miro a mi padre y lo abrazo.

Colin está a su lado. Ha sido mi cómplice en todo esto. Cuando se lo conté, me dijo que estaría a mi lado siempre, porque juntos siempre seríamos más fuertes, y tenía razón. Nunca tendré un amigo mejor.

La fiesta empieza y veo a Blanca bailar con sus amigas.

Luke y Peyton ya no viven aquí. Se han ido para vivir en su propia casa, no muy lejos. Blanca y yo nos queremos comprar algo también para los dos. Esta casa ha visto muchas cosas, y las seguirá viendo, con otros estudiantes.

Roy y Emily se van a alquilar una casa cerca de la de Luke y Peyton, y están pensando en alquilar este lugar para estudiantes. Se les ha quedado muy grande y dicen que es el momento de echar raíces en un nuevo sitio.

Asusta pensar en los cambios, pero he aprendido a sonreír ante ellos porque, como en los juegos de cartas, nunca sabes cuándo te saldrá una jugada perfecta que te haga vencedor.

* * *

—¿Puedo abrir los ojos?

—No.

—En serio, Cam. No aguanto el misterio.

Estamos en el jardín de nuestra casa, a las afueras del pueblo. Hemos estado viviendo en una casa de alquiler mientras hacían obras en ella, ya que es una casa antigua y necesitaba unos arreglos.

—Ya hemos llegado.

Me pongo detrás de ella y le empiezo a quitar la venda. Lo hago pensando en este año que llevamos juntos. No hemos dejado de trabajar. Hemos peleado, nos hemos reconciliado, nos hemos amado con solo una mirada... He sentido cientos de mariposas con cada roce y la he buscado en cada lugar donde sabía que ella andaba cerca.

Cada día la quiero más y más. Cada día me despierto dispuesto a enamorarla, a que, aunque pueda elegir entre miles de personas, al mirarme me elija a mí de nuevo una vez más.

Le aparto la venda y Blanca se gira, y me mira emocionada.

—¿Es nuestro árbol?

—¿Esperabas que lo dejara en esa casa llena de adolescentes hormonados?

Se ríe y se sienta en el columpio. La sigo y me pongo ante ella de rodillas.

—Blanca...

—¡Sí!

—¿En serio me vas a joder el momento? —le pregunto divertido.

—Es que te pillé el otro día el anillo y me moría porque me lo pidieras.

—No puedo tener secretos contigo. Esta pedida de mano ha sido horrible. Tenía pensado un discurso.

—Yo tengo pensado preguntarte por qué mi anillo de compromiso tiene dos flechas rodeando la esmeralda.

Me levanto y cojo su mano al tiempo que me siento.

—Porque unas veces me tocará a mí perder y otras a ti, pero siempre que te caigas, yo estaré ahí para levantarte, porque un matrimonio es mucho más que una firma en un papel. Es la promesa de que hoy tengo la fuerza para luchar por ti siempre.

—¿Son las flechas del Uno? —Asiento—. ¡Me encanta! No podía tener otro mejor. No sé cómo no caí... Te amo, Cam, y siento haberte jodido la pedida.

—Yo no. Así siempre la recordaré por ser imperfectamente única, como tú y como yo.

La beso en nuestro columpio, sellando esta promesa; sabiendo que me pasé tantos años queriendo ser perfecto y no hacer nada mal, sin ser consciente de que los mayores logros van precedidos de grandes errores.

Vivir es equivocarse y aprender a levantarse.

Amar es entender que el amor no es perfecto, pero son las taras las que lo hacen único.

Epílogo

BLANCA

—¡No pienso pasar por esto más!

—Pues te quedan dos más —dice la matrona.

Llevamos siete años intentando tener hijos y al final me quedé embarazada. Yo no soy estéril, pero los nervios hacían que no me quedara embarazada. Ha sido un camino duro para Cam y para mí, pero lo hemos hecho juntos.

Cam mira a nuestro primer bebé mientras lo examinan y yo sigo empujando para parir al segundo. Cuando sale, estoy agotada. No puedo más, y queda otro.

—Tú puedes, preciosa —me dice Cam acariciando mi cara.

Cuando nuestro tercer hijo nace, caigo desmayada por el esfuerzo, pensando en cómo podremos con esto.

* * *

—Tienes cara de no haber dormido en días —me dice Emily cogiendo a uno de mis trillizos en los brazos.

—No he dormido en días. Tú tienes un hijo, sabes que no es fácil.

—No lo es, pero te ayuda mucha gente.

—Eso es cierto.

—Ya estoy aquí —dice Peyton entrando con su gran barriga de ocho meses—. En serio, a este paso hacemos un equipo de fútbol. Todo chicos.

Me río. Yo tengo tres preciosos niños, Emily tiene un precioso niño de un año y Peyton espera otro niño.

—Así serán amigos e irán al cole juntos —dice Emily soñadora—. Se pelearán por las chicas... o por los chicos... Solo de pensarlo, me siento muy vieja. Hace años, nosotras estábamos en su piel.

—Para eso queda mucho —señala Peyton.

—Sí, ya te darás cuenta cuando nazca tu hijo de que el tiempo vuela.

La miro y asiento.

—Entonces a disfrutar de pasar sueño y de mimarlos —dice Peyton.

—Sí —respondo, y me levanto para ver a mis pequeños.

Peyton y Emily se casaron juntas hace tres años; Cam y yo organizamos una boda sencilla hace siete años.

Nuestras vidas han cambiado. Pasamos de ser amigos a ser novios, para no ser más que dos extraños que se añoraban antes de que la vida nos juntara de nuevo para hacernos comprender que nuestra historia no había escrito su final.

Abrazo a mis amigas, dando gracias por tenerlas. Porque, sin pedirlo, encontré dos hermanas a las que querré siempre.

Nuestros amigos llegan para la comida del domingo

todos juntos. Colin viene con su esposa y su precioso niño de dos años al que adoro. Se parece mucho a Cam, aunque tiene los ojos de Colin. Me abraza con fuerza cuando me ve y luego a Emily y a Peyton.

Ronnie corre tras su hija de cinco años, juega muy bien al fútbol y está retando a su padre a que lo gane en un partido.

Está loco por esa niña, y miedo me da que cuando crezca, conociendo lo protector que es su padre.

Los miro a todos juntos, a Cam y a Colin con sus amigos. Esta es mi familia, junto a mi padre. Al fin he dejado de sentirme sola, de sentirme perdida y que no formaba parte de nada para sentirme parte de un todo.

* * *

—No me puedo creer que se hayan dormido —digo agotada, tirándome sobre la cama.

—Yo tampoco que esté tan cansado que, en vez de tener ganas de sexo, solo tenga ganas de dormir abrazado a ti.

—Eres un viejo..., pero a mí me pasa igual.

—Por suerte hay mil formas de hacer el amor y a tu lado las quiero descubrir todas.

—Y yo.

Nos abrazamos con fuerza y nos dormimos felizmente cansados tras un largo día con nuestros amigos y cuidando a los trillizos, porque a su lado he descubierto que cada día es una nueva página en blanco del libro de nuestra vida y que me muero de ganas de llenarlo con cientos de experiencias.

Agradecimientos

A mi familia por estar constantemente apoyándome con un cariño incondicional.

A mi editora Ade por apostar continuamente por mí y por ser tan maravillosa. Trabajar con ella es un placer.

A Booket y a su espléndido equipo por creer en mis historias.

A mis correctores porque hacen una extraordinaria labor perfilando mi historia y comprendiendo la mente de esta disléxica. Sin olvidar a todas las personas que hacen posible que un libro vea la luz, ya que detrás de un libro siempre hay un gran trabajo en equipo.

A mis amigas y a las que sin mis libros no sería lo mismo por la ayuda que me dan en cada novela, Merche y Natalia.

A mis lectores por ser el motor de mis novelas. Gracias por estar ahí siempre.